AF185937

Tucholsky   Wagner   Zola   Scott   Sydow   Freud   Schlegel
Turgenev   Wallace   Fonatne

Twain   Walther von der Vogelweide   Fouqué   Friedrich II. von Preußen
Weber   Freiligrath   Frey

Fechner   Fichte   Weiße Rose   von Fallersleben   Kant   Ernst   Richthofen   Frommel

Fehrs   Engels   Fielding   Eichendorff   Tacitus   Dumas
Faber   Flaubert

Maximilian I. von Habsburg   Fock   Eliasberg   Zweig   Ebner Eschenbach
Feuerbach   Ewald   Eliot   Vergil

Goethe   Elisabeth von Österreich   London

Mendelssohn   Balzac   Shakespeare   Dostojewski   Ganghofer
Trackl   Lichtenberg   Rathenau   Doyle   Gjellerup
Stevenson   Tolstoi   Hambruch
Mommsen   Lenz   Droste-Hülshoff
Thoma   von Arnim   Hanrieder

Dach   Verne   Hägele   Hauff   Humboldt
Reuter   Rousseau   Hagen   Hauptmann   Gautier
Karrillon   Garschin

Damaschke   Defoe   Hebbel   Baudelaire
Descartes

Hegel   Kussmaul   Herder
Wolfram von Eschenbach   Dickens   Schopenhauer   Rilke   George
Bronner   Darwin   Melville   Grimm   Jerome
Campe   Horváth   Aristoteles   Bebel   Proust

Bismarck   Vigny   Voltaire   Federer   Herodot
Gengenbach   Barlach   Heine

Storm   Casanova   Tersteegen   Grillparzer   Georgy
Chamberlain   Lessing   Langbein   Gilm   Gryphius
Brentano   Lafontaine
Strachwitz   Claudius   Schiller   Kralik   Iffland   Sokrates
Bellamy   Schilling
Katharina II. von Rußland   Gerstäcker   Raabe   Gibbon   Tschechow

Löns   Hesse   Hoffmann   Gogol   Wilde   Vulpius
Luther   Heym   Hofmannsthal   Klee   Hölty   Morgenstern   Gleim
Roth   Heyse   Klopstock   Kleist   Goedicke
Luxemburg   Puschkin   Homer   Mörike
La Roche   Horaz
Machiavelli   Kierkegaard   Kraft   Kraus   Musil
Navarra   Aurel   Musset
Nestroy   Marie de France   Lamprecht   Kind   Kirchhoff   Hugo   Moltke

Nietzsche   Nansen   Laotse   Ipsen   Liebknecht
Marx   Lassalle   Gorki   Klett   Ringelnatz
von Ossietzky   May   vom Stein   Lawrence   Leibniz   Irving

Petalozzi   Platon   Knigge
Sachs   Poe   Pückler   Michelangelo   Kock   Kafka
Liebermann
de Sade   Praetorius   Mistral   Zetkin   Korolenko

Kinkerlitzchen

Allerlei Scherze

Heinrich Seidel

Impressum

Autor: Heinrich Seidel
Umschlagkonzept: toepferschumann, Berlin

Verlag: tradition GmbH, Hamburg
ISBN: 978-3-8424-1345-0
Printed in Germany

Heinrich Seidel.

Kinkerlitzchen.

Allerlei Scherze

ADOLF MARTENS

ZUGEEIGNET.

Vorwort.

Wer es für nöthig hält, zu seinem Buche eine Vorrede zu schreiben, hat meistens ein schlechtes Gewissen. Er will sich entweder beim Leser entschuldigen oder ihn von der Spur ableiten, kurz er möchte ihm etwas vormachen, was dieser aber gar nicht merken soll. Allein ich denke »Ehrlich währt am *längsten*,« wie jener Börsenmann zu seinem Sohne sagte, als dieser ihn fragte, wie man *schnell* reich werden könne, und so gestehe ich denn gern zu, dass es leichte Waare ist, was ich diesmal darbiete. Zu meiner Entschuldigung führe ich an, dass sie gegeben wird ausserhalb des Rahmens meiner gesammelten Schriften und zu einem Preise, der geeignet ist, die Reue des etwa durch den Inhalt getäuschten Lesers auf ein Minimum herabzusetzen.

Mein Verleger wäscht seine Hände in Unschuld, denn er ist gegen die Veröffentlichung dieser kleinen Scherze.

Sollten meine Leser und Freunde ihm darin recht geben, so kann ihm das nur zur Ehre gereichen. Ich aber beuge in Demuth mein Haupt und erwarte, was mir zukommt. Wie Jeder, der mich kennt, weiss – ich habe einen breiten Rücken.

Berlin, im Februar 1895.

Heinrich Seidel.

Inhalt

Seefahrt nach Möen. 9

   I. 9

   II. 13

Zukunfts-Poesie. 17

Im Jahre 1984. 23

Die Afrikareise. 33

   1. 34

   2. 37

   3. 38

Pannemann's Memoiren. 41

Etwas über Kunst. 47

   Zur Einleitung. 47

   Eintheilung der Kunst. 47

   ägyptischen Kunst. 47

   Die griechische und römische Kunst. 48

   Die alte Malerei. 50

Neue Wunder der Technik. 53

   1. Der Sprengstoff Krakataua. 53

   2. Künstliche Weichenzucht. 55

   3. Die eiserne Kuh. 56

   4. Das Sicherheitsstreichholz. 57

   5. Maschine zum Altmachen gefälschter Banknoten. 57

   6. Die elektrische Windel. 58

   7. Die künstliche Amme. 59

Das lustige Buch. 61

Das Halstuch. 65

Die Mecklenburger im zoologischen Garten. 69

Allerlei neue Vereine. 73

    1. Freie Vereinigung der Sonnenbrüder. 73

    2. Ammenverein der Westvorstadt. 74

    3. Der Naturforscher-Klub. 74

    4. Verein ehemaliger Selbstmörder. 75

Sonderbares Erbtheil. 79

Der Spargeltaback, Nicotiana Asparagus. 81

Seefahrt nach Möen.

I.

Eines schönen Sonntags im August machte das Dampfschiff »Rostock« von der Stadt gleichen Namens aus eine Extrafahrt nach der dänischen Kreideinsel Möen. Dieses Schiff fuhr an den Wochentagen des Sommers zwischen Rostock und Nyköping und vermittelte den Postverkehr zwischen Deutschland und Dänemark. Es war tüchtig und wohlgebaut, wenn auch nicht besonders elegant eingerichtet, und für 300 Passagiere konzessionirt. Der Kapitän hiess Zeyssig. Ein Unbefangener würde sich bei diesem Namen nun ein kleines hüpfendes Männchen mit einem zwitschernden Stimmlein vorstellen, allein er würde sich seltsam enttäuscht finden, denn dieser Name passte gerade so zu dieser Persönlichkeit, als wollte man einem Löwen ein blauseidenes Halsband umthun und ihn Zerline nennen. Herr Zeyssig war ein grosser und starker Mann mit einem dunklen Vollbart, einem gebräunten Seemannsgesicht und einer Stimme, die wohl geeignet war, sich gegen Sturm und Unwetter vernehmlich zu machen.

Zu dieser Fahrt hatten sich etwa zweihundert Personen zusammengefunden, theils aus Rostock und Umgegend, theils aus dem Seebad Warnemünde, das der Hafenort von Rostock ist. Der Tag war klar und schön, eine frische westliche Brise sorgte für einigen Wellengang, und somit trat unter fröhlichen und hoffnungsreichen Empfindungen der meisten Reisenden das Schiff aus den Molen von Warnemünde in die offene See hinaus. Ich muss allerdings offen gestehen, dass ich ein wenig in bänglicher Stimmung war. Es war meine erste Fahrt auf offener See und ich fürchtete mich etwas vor der Seekrankheit, nicht gerade vor den körperlichen Unannehmlichkeiten, die sie mit sich bringt, denn »das hielte ich mich wohl aus«, wie Kapitain Pott seine Frau sagt, aber vor der Lächerlichkeit, die ihr anhaftet. Der höchste Fluch dieser Krankheit ist, dass das tiefste und jammervollste Elend der Leidenden von den Gesunden mit dem überlegenen Grinsen mitleidlosen Spottes betrachtet wird, und die Theilnahme selbst der Besten nur ein schwächliches und kümmerliches Gewächs ist. »Wir sehen die Leute gern seekrank, wenn wir's selbst nicht sind,« sagt Mark Twain.

Es ist ein seltsames Gefühl wenn nach der absoluten Ruhe des eingeschlossenen Stromes die erste Brandungswelle das Schiff auf ihre Schultern nimmt, es spielend emporträgt und dann auf eine heimtückische Art plötzlich unter einem wegsinken lässt. Dies bewirkt, dass der Kehlkopf auf eine besondere Art emporsteigt und man die Empfindung hat, es koste einige Mühe, ihn wieder hinabzuschlucken. Dabei blieb es bei mir glücklicher Weise, und ich konnte mich somit in aller Ruhe der Beobachtung der allmählig ausbrechenden Seekrankheit widmen und ihre Symptome feststellen.

Es waren vorsichtige Leute unter uns, denen man gesagt hatte, einem wohlgefüllten Magen, in dem man eine sorgfältige Schichtung nahrhafter Frühstücksgegenstände vorgenommen habe, unter reichlichster Durchfeuchtung mit starkem Cognac, stünde die Seekrankheit wehrlos gegenüber. Sie hatten demnach von 5 Uhr an, wo sie aufgestanden waren, bis jetzt, wo wir kurz nach 7 Uhr in die offene See gelangten, das strategische Prinzip geübt, in einem fort mit Aufbietung aller ihrer Kräfte zu frühstücken. Dies ist nun eine Methode, die, auf dem Lande betrieben, vollständig hinreicht, der Seekrankheit täuschend ähnliche Zustände hervorzubringen; sie muss demnach, wenn sie auf See das Gegentheil bewirkt, als eine homöopathische bezeichnet werden. Es thut mir aber leid mittheilen zu müssen, dass die enthusiastischen Hoffnungen, die man auf dieses Verfahren setzte, jämmerlich zu Schanden wurden, und die tückische Krankheit zuerst und mit besonderem Behagen über diese wohlgespickten und lohnenden Opfer herfiel.

Der Verlauf ist im Allgemeinen folgender: Das Opfer im Bewusstsein seiner angestrengten Vorbereitungen sieht kühn und hoffnungsvoll in die Zukunft. Es findet die Sache nicht schlimm. Es begreift nicht, dass so ein wenig Schaukeln solche Wirkungen hervorbringen solle. Es tappt kühn auf dem schwankenden Verdeck umher und übt sich, »Seebeine« zu gewinnen. Dann setzt es sich nieder und renommirt. Nun werden die Segel ausgespannt und die vereinte Wirkung von Wind und Wellen bringen höchst seltsame und komplizirte Bewegungen hervor. Der menschliche Magen fängt an zu pendeln und zwar nach Richtungen hin, auf die er im geringsten nicht vorbereitet ist. Solche Behandlung verstimmt ihn. In Folge dessen wird das Opfer stiller, betheiligt sich nicht mehr aktiv an der Unterhaltung, giebt aber seine Theilnahme an ihr kund durch ein etwas übertriebenes Mienenspiel und starke Kopfbewegungen die frische und ungebrochene Kraft andeuten sollen. Dann fängt es an zu lächeln – ein höchst verdächtiges Symptom. In diesem Stadium pflegt es Verlangen nach einem Cognac zu äussern. Nach dem Genuss dieses Stärkungsmittels schüttelt es sich und ruft: »Ha! das thut wohl!«

Hiernach wird es sichtlich blässer und lächelt immer stärker. Es ist aber eine unglaubwürdige Sorte von Lächeln, gleich dem einer Ballet-Tänzerin, die Hühneraugen hat und in zu engen Schuhen tanzen und tanzen und immerfort lächeln muss. Das Opfer ist reif, es fängt an zu gähnen, und nun tritt bald der Moment ein, wo es geisterbleich forttaumelt und verschwindet, oder an den nächsten Schiffsbord stürzt und Zwiesprache mit den Wellen führt. Von nun an ist es gebrochen und still, und theilt seine Zeit in apathisches Hinbrüten und angestrengte Gymnastik der Würgemuskeln. Die Verlockungen dieser Welt haben für seine Sinne keinerlei Reiz mehr.

Ich sah auch einen Mann, der, als ringsum schon fast alles darniederlag, die Kühnheit besass, sich ein Beefsteak zu bestellen. Es war gross und schön, duftete herrlich und lag anmuthig mit Löckchen von braunen Zwiebeln bedeckt in einem Kranz von Bratkartoffeln. Dennoch verhüllte die Frau des Mannes ihr Haupt vor diesem Anblick. Er aber nahm es muthvoll in Angriff, allein nach wenigen Bissen begann er es mit finsterer Theilnahmlosigkeit zu betrachten. Er besass gerade noch Geistesgegenwart genug, dem vorüberkommenden Steward dieses Gericht zur Aufbewahrung anzuvertrauen und verfiel dann ebenfalls dem unerbittlichen und grausamen Schicksale der meisten andern.

Mein Freund Johannes und ich unternahmen dann einen Streifzug in die erste Kajüte, um uns an den Qualen der dort reihenweise hingestreckten Opfer zu weiden. Es herrschte dort Gräuel der Verwüstung und da auch die Luft nicht gut war, gingen wir gleich wieder hinaus und begaben uns in die zweite Kajüte, die für diesen Tag als Speisesaal diente. Auch dort hockten an den Wänden einige erbarmungswürdige Märtyrer und warfen, während wir speisten und den guten Rothwein des Schiffes tranken trübselige Blicke auf uns, die einen vollständigen Mangel an Verständnis für unsere Thätigkeit bezeugten.

Indess kamen wir aber in den Schutz von Falster, die See ward ruhiger und allmählich erwachte die Lust zum Leben bei den meisten wieder. Sie kamen blass und schwach aus ihren Winkeln hervorgekrochen und versuchten wieder zu lächeln, aber diesmal weniger gezwungen, als vorhin. Bald, da die See immer mehr sich glättete, hatte man alle Qualen und Leiden vergessen; es wurden eine Unmenge Erfrischungen bestellt, und die seit längerer Zeit sichtbare Küste von Möen mit Opernguckern und Perspektiven scharf in's Auge genommen.

In dieser Gegend begab sich etwas, das seltsamer Weise ausser von meinem Freunde Johannes und mir von keinem der Mitreisenden wahrgenommen wurde, und uns, als wir davon erzählten, in den Verdacht brachte, wir hätten dem Rothweine vorhin zu stark zugesprochen. Uns fiel nämlich ein Matrose auf, der mit einer Ledertasche in der Hand auf der Kommandobrücke stand und mit grosser Aufmerksamkeit auf das Wasser blickte. Plötzlich tauchte dort zu unserer grossen Verwunderung ein älterer Herr hervor, der dort zu baden schien, obgleich die nächste Küste noch meilenweit entfernt war. Ein sonderbarer alter Herr mit wirrem schilfartigem Haar, einem langen weissen triefenden Bart und einem Gesicht wie ein pensionirter Admiral. Der Matrose warf dem seltsamen Greise die Tasche zu, die dieser mit grosser Geschicklichkeit auffing, nachdem er zuvor eine gleiche auf das Schiff geschleudert hatte. Dann grüsste er militärisch und versank. Wir waren im höchsten Grade verwundert und liessen uns die Tasche reichen, um sie zu betrachten. Sie war von Robbenfell und vollständig wasserdicht. Sie führte die Inschrift: »Postsachen,« und unten in der Ecke stand: »Neptun, Meer-Gott a. D.«

Wir erfuhren nun, dass der alte Herr schon seit langen Jahren seine Pension in der Ostsee verzehrt, weil sie ein so billiges Meer ist. Seine Postsachen besorgt der Rostock. Wahrlich man muss auf Reisen gehen, wenn man wunderliche Dinge erleben will. Wenn wir, mein Freund Johannes und ich, dies nicht mit eigenen Augen gesehen hätten – keine Macht der Welt würde uns zwingen können daran zu glauben!

II.

Wer Rügen und die eigenthümliche Schönheit seiner Kreidefelsen kennt, der kann sich von Möen leicht einen Begriff machen, denn der Charakter beider Inseln ist ganz derselbe. Nur hat Möen den Vorzug einer üppigeren Vegetation, auch ist Alles viel frischer und ursprünglicher dort und nicht so überlaufen wie das leicht erreichbare Rügen, das an seinen Hauptpunkten doch ziemlich abgetrampelt und abgeguckt ist. Die sehenswürdigen Kreidefelsen befinden sich ebenso wie in Rügen an der Ostseite der Insel und fallen ebenso wie dort steil und theilweise überhängend in die See ab. Unser Schiff fuhr ziemlich nahe an der Küste entlang und gab uns Gelegenheit, die wunderliche Zerklüftung dieser schimmernden Felsen zu beobachten. Zuweilen war ringsum Alles weggespült und verwittert, und der Rest des Kreidekörpers stand als ein einsamer Kegel empor, auf seiner Spitze noch mit ein wenig Grün geziert. Dann wieder ragten andere Felsgebilde wie scharfe Messerschneiden aus der Fläche. Ueberall war, wie auf Rügen, in den weissen Wänden die regelmässige horizontale Schichtung mit Streifen von Feuersteinknollen erkennbar, die die Rosinen in dieser grossen Kreidetorte darstellten. Zuweilen ward das weisse Leuchten anmuthig unterbrochen durch eine Schlucht, in der ein rieselndes Bächlein herniederging, und das frische Grün der Buchen von der Höhe bis zum Spiegel des Meeres herabstieg. Wo nur irgendwo in diesen steilen Wänden eine Fläche, ein Winkel oder eine Spalte sich darbot, hatten Pflanzen sich angesiedelt in Flecken, Streifen und Sprenkeln und hoben sich scharf von dem weissen Grunde ab. Wir fuhren bis nahe an das nördliche Ende dieser Felsenküste, wo der schöne Park von Liselund gelegen ist, und dort begann die Ausschiffung. Da wir, mein Freund Johannes und ich, auf einem der ersten Boote ans Land kamen, so bemerkten wir nichts von einem Unglück, das sich bei dieser Ausschiffung ereignete. Es fiel nämlich ein Mann ins Wasser. Nach der Schilderung Eines, der nicht dabei gewesen ist, ging die Sache so vor sich. Der Mann glitt auf der Schiffstreppe aus und stürzte mit einem wohlgelungenen aber unfreiwilligen Froschsprung kopfüber in die Ostsee. Mit Spannung erwartete man nun seine Wiederkehr, da man sich manches Interessante von seinen unterseeischen Beobachtungen versprach. Das Unwahrscheinliche ist nun , dass er mit den Stiefeln voran wieder hochgekommen sein soll. Der Kapitän und der Bootsmann haben ihn dann jeder an einem Bein ergriffen und mit geschicktem Schwünge in das Boot gesetzt, wo er ziemlich gerolläugt haben soll. Dem Kapitän gewährte dieses Ereigniss grosse Freude und Genugthuung; »denn,« erzählte er mir nachher, »der Kerl hat den ganzen Morgen räsonnirt und war mit nichts zufrieden!«

Der Park von Liselund ist sehr schön, hat aber ausser seiner herrlichen Lage nichts, was ihn vor anderen Anlagen dieser Art besonders auszeichnet. Die Felsen heissen hier Lille Klint oder kleine Felsen, und wir wanderten von hier auf der Höhe entlang immer in der Nähe der Küste den Weg nach Süden zurück, wo die Kreide am höchsten emporragt und Store Klint oder grosse Felsen genannt wird. Das Schiff kehrte ebenfalls dorthin zurück, um uns zu erwarten. Der Weg führt zum Theil durch Buchenwald. Ich habe niemals in unserem Norden eine so herrliche und üppige Vegetation gesehen. Undurchdringlich dicht war oft das Unterholz an lichteren Stellen emporgeschossen und Schluchten und Senkungen bis zum Ueberquellen mit Grün erfüllt. Zuweilen traten wir dann auf einen vorspringenden Felsen hinaus, um unsere Blicke wieder über die See und in die unbegränzte Weite wandern zu lassen. In der Nähe des Ufers war die See von einem durchsichtig leuchtenden Grün, aus dem grosse mit Tang bewachsene Flächen in herrlichem Purpurbraun sich abhoben. Unser stattlicher Dampfer sah aus dieser Höhe so fein und niedlich aus wie ein zierliches Kinderspielzeug. Es macht eine solche Wanderung so reizvoll, dass man je nach Belieben bald den Anblick geheimer grüner Wald-Schlupfwinkel, bald die Aussicht auf die erhabene Grösse des Meeres geniessen kann. Von Zeit zu Zeit durchschnitt dann eine Schlucht unseren Weg, wo durch eine Fülle von üppigem Grün ein kleiner Bach rieselnd und plätschernd niederging. In diesen Gründen wuchs, wo es feucht und sonnig zugleich war, in kleinen hellgrünen Wäldern eine mannshohe, zierlich gefiederte Art von Schachtelhalm. Diese Pflanze muss wohl Kreideboden für ihr Gedeihen erfordern, denn ausser auf Rügen, wo sie unter denselben Bedingungen vorkommt, habe ich sie nirgendwo gesehen.

Nach mehrstündiger Wanderung gelangten wir an unser Ziel nach Maglevandsfaldet. Dort, wo eine grosse mächtige Schlucht sich in die Felsen hineinzieht, hielt auf der Höhe unter prächtigen

Buchen ein menschenfreundlicher Mann, Namens Knut Jensen, dem müden Wanderer köstliche Erquickung bereit. Da jedoch ausser uns zweihundert Deutschen auch noch ein kleineres Dampfschiff eine dänische Gesellschaft dort ausgeladen hatte, so war der Andrang sehr stark. Mein Freund Johannes befand sich jedoch in dem Besitze der wichtigsten dänischen Vokabeln: »Öl« (Bier), »Smörrebröd« (Butterbrod) und »Rödgröd med Flöde« (Rothe Grütze mit Sahne), und da Cognac in der ganzen Welt Cognac heisst, so gelang es ihm bald sich mit den Eingeborenen zu verständigen und uns Nahrung und Erquickung zu verschaffen. Man sieht aus diesen Proben, dass die dänische Sprache eine Ö-Sprache ist. Es giebt wirklich eine Unmenge ö in ihr und dies praktische Volk hat in Folge dessen sich eine sparsamere Art von ö erfunden, indem es in ihrer Druckschrift als eine Null mit einem schrägen Diagonalstrich sich darstellt.

Ein langer Aufenthalt war uns an diesem fröhlichen Orte nicht gestattet, und nur zu bald erhob unser Dampfer als Signal zur Abfahrt ein fürchterliches Geheul mit seiner Dampfpfeife. Da auch der dänische Dampfer zugleich seine mahnende Stimme erhob, so stiegen beide Gesellschaften gemischt die Zickzackwege des Abhanges hinunter. Das dänische Schiff ward mit seiner Ladung zuerst fertig und fuhr unter ungeheurem Hurrah und heftigem Tücherschwenken davon.

Das Wasser war fast glatt geworden und selbst als wir wieder in die offene See gelangten, war nur eine sanft gekräuselte Oberfläche vorhanden, so dass Fälle von Seekrankheit auf der Rückfahrt nicht mehr beobachtet wurden. Dies trug sichtlich zur Beförderung der allgemeinen Heiterkeit bei, und statt des allgemeinen Elendes auf der Hinfahrt herrschte jetzt Frohsinn und Zufriedenheit.

Die Dunkelheit brach herein, und in der Ferne tauchten aus dem Dämmer des Horizonts einsame Leuchtfeuer auf. Der Mond stand am Himmel als das grosse Leuchtfeuer der Natur, und unser gutes Schiff fuhr gerade auf ihn zu, so dass die schimmernde Lichtstrasse, die er auf die glänzende Fluth zauberte als ein vorgeschriebener Weg erschien. Wir standen allein am Bug des Schiffes und ich gedachte wieder an den alten kümmerlichen Meergott von heute Morgen, als mich ein heftiges Schlucken befiel. Da es nun gegen dieses Uebel kein besseres Mittel giebt, als an einen Wagen, bespannt mit vier schneeweissen Schimmeln, zu denken, so verlor ich keine Zeit, mich in diese Vorstellung zu vertiefen. Und siehe, was geschah? In der Mondenstrasse flimmerte es leuchtend empor, die Wasser spritzten auf und da zog er vor uns her der alte Meergott Neptunus im glänzenden Perlmutterwagen, bespannt mit vier schimmernd weissen Seerossen. Ringsum mit leuchtenden Leibern tauchten Nereiden aus der Fluth, bronzefarbige Tritonen bliesen auf Muschelhörnern und so in spielender Bewegung glitt dieser glänzende Zug vor uns her, indess das aufsprühende Wasser mit silbernen Funken die Luft erfüllte. Im magischen Lichte des Mondes, da war es noch der alte Meergott in seiner alten Pracht. Allein bald verblasste und verschwamm Alles und in Kurzem war nichts mehr dort als das Flimmern des Mondes auf den Wellen.

Es war spät nach Mitternacht, als endlich der Dampfer in die Molen von Warnemünde einlief und wenigstens für einen Theil der Reisegesellschaft diese von Glück und Wetter ungemein begünstigte Fahrt ihr Ende erreichte.

Zukunfts-Poesie.

»Dumme Phrase!« sagte der glattrasirte ältliche Herr mit dem fetten grauen Gesicht und den grossen wasserblauen Augen, der mit mir im Café »Bohnenstengel« an einem Tisch sass. »Dumme Phrase«, wiederholte er noch einmal, rollte heftig die Zeitung zusammen, in der er gelesen hatte, und legte sie mit einem entrüsteten Ruck auf den Tisch: »die grossen Dichter sind die Leuchten der Menschheit! – Blech!« sagte er dann mit grossem Nachdruck und blickte mich herausfordernd an.

»Haben Sie etwas dagegen?« fragte ich sanft, denn der Mann sah sehr wüthend aus, und ich fürchtete, er würde mir was thun, wenn ich ihn nicht diplomatisch behandelte. Eine Zeit lang sah er mich starr an, und um seinen breiten Mund spielte ein halb überlegenes, halb verächtliches Lächeln. Dann ergriff er mit einer erhabenen Armbewegung ein volles Glas Nordhäuser, das die Kellnerin soeben gebracht hatte, goss es mächtig hinab wie zur Besänftigung dessen, das in ihm kochte, und sagte dann verhältnissmässig milde: »Nichts habe ich dagegen, wenn mit den »Leuchten« jene rothen Laternen gemeint sind, die in engen Gässchen brennen und den unerfahrenen Jüngling in den Sumpf locken.«

»Aber Goethe doch . . .,« wagte ich schüchtern einzuwenden.

»Goethe?!« – erwiderte der Mann mit einem unbeschreiblichen Ausdruck von erhabener Verachtung, während er seine Augen so weit aufriss, dass sie den Eindruck von zwei Hühnereiern mit hellblauen Dottern machten: »Goethe?!« – Meinen Sie vielleicht den »Faust« mit seinem aufgewärmten mittelalterlichen Hexenspuk, dies über die Maassen unmoralische Stück, dessen Hauptanziehungspunkt die Verführung eines kaum dem Kindesalter entwachsenen unschuldigen Mädchens bildet, dieses Stück, dessen Bestandtheile Teufelskram, Mord, Schande, Wahnsinn und Gemeinheit sind? Schaudert Sie nicht, wenn Sie an die »Wahlverwandtschaften« denken und an »Wilhelm Meister's liederliche Lehrjahre«? Was hat »Werther« anders für Nutzen gestiftet, als dass überspannte Jünglinge ihre Studien vernachlässigten, in blauen Leibröcken, gelben Westen und Stulpenstiefeln umherliefen, sich in die Bräute ihrer Freunde verliebten und sich gelegentlich todtschossen? Was sind die »römischen Elegien« anders als Lasterhaftigkeit, in goldenen Schalen dargeboten? Und ist das Leben dieses sogenannten Dichters nicht eine Kette von frivolen Liebschaften bis an sein leider so spätes Ende? O gehen Sie mir mit dieser »Leuchte der Menschheit«!« Entrüstet legte er sich in seinen Stuhl zurück und goss Oel auf die aufgeregten Wogen seiner Gefühle, indem er sein gefülltes Bierglas in einem Zuge leerte.

Zu Boden gedrückt von der gewaltigen Wucht dieses Mannes und halb verschüchtert flüsterte ich zaghaft: »Sie werden Schiller doch gelten lassen?«

Ich sah, wie es in ihm emporkochte, wie eine bläuliche Röthe in sein erdiges Gesicht stieg und seine Augen einen stieren schlagflüssigen Ausdruck annahmen. Aber der Mann kämpfte und bezwang sich, und nach einer Weile gelang es ihm zu antworten, und zwar in einer milden singenden Weise, die durch niedergekämpfte Entrüstung einen ganz besonderen Beigeschmack erhielt.

»Schiller,« begann er fast schmeichlerisch in einer ganz unnatürlich hohen Tonlage, »Schiller, der seine Laufbahn begann mit den »Räubern«, einer Verherrlichung von Raub, Mord, Todschlag und Brandstiftung, Schiller, der Deserteur, ein Mensch, der sich zu seinen Dichtungen erst durch den Geruch fauler Aepfel begeistern musste – Schiller!...« Und damit stiess er ein kleines feines in i gestimmtes Gelächter aus und fuhr mit seiner grossen fetten und feuchten Hand über den Tisch, als könne er dadurch das Gedächtniss dieses After-Poeten für ewige Zeiten auslöschen.

Ich war einigermaassen vernichtet und benutzte die Zeit, während der Mann sich ein neues Glas Bier und einen grossen Nordhäuser bestellte, ihn näher zu betrachten. Seine Kleidung: war grau und abgetragen und hing etwas beutelig um den schwammigen Körper; die Aermel und Hosenknie schienen mir blank und etwas fettig zu sein. Ueberhaupt war Reinlichkeit scheinbar nicht die Sache, die dieser Mann als Sport betrieb, denn auf seinem zerknitterten Vorhemde befanden sich einige »Muster ohne Werth« verschiedener Mittagsmahlzeiten, und sein Hemdskragen schien von voriger Woche zu sein, was, da wir schon Donnerstag hatten, auf Ausdauer und Sparsamkeit schliessen liess. Im Grossen und Ganzen sah er aus wie ein alter fetter Kellner in Civil.

Nachdem dieser Mann sich nun durch einen tiefen Schluck aus beiden Gläsern gekräftigt hatte, fuhr er fort: »Und so blicken Sie sich um in dem sogenannten deutschen Dichterwald, überall tritt Ihnen das Laster entgegen. Nehmen Sie Lessing – er war ein Spieler, denken Sie an Bürger und sein Verhältniss zu Molly, denken Sie an Heine u. s. w. u. s. w. Nehmen wir die Neueren, Gottfried Keller zum Beispiel. Hat er nicht im »grünen Heinrich« sich selber geschildert als ein abschreckendes Beispiel. Nehmen wir Reuter! . . .« Hier erhob er sein halbgeleertes Schnapsglas und stürzte den Rest mit einer bezeichnenden Geberde hinab. Dann rief er: »Laura, noch einen Nordhäuser!« und wendete sich wieder zu mir: »Mich plagt ein hässliches Reissen in der Backe, und die Erfahrung hat mich gelehrt, dass kein Mittel besser hilft als dieses Getränk, das ich hasse wie die Pest. Aber ich kehre zu unseren Dichtern zurück. Ich frage nun, darf man solche Liederjahne »Leuchten der Menschheit« nennen und sie der Verehrung preisgeben? Können solche Werke der Jugend zur Bildung, dem Alter zur Erbauung dienen? – Nimmermehr! – Ich will Ihnen sagen, wie ich mir den wahren deutschen Dichter denke. Zunächst wird er als der Sohn einer höchst respectablen Familie in soliden Verhältnissen geboren. Schon in der Wiege wird er sich durch Tugend und Reinlichkeit auszeichnen und eine auf die erhabenen Grundsätze der Moral gestützte Erziehung wird die guten Keime seines Innern zur freudigen Blüthe bringen. Er wird niemals Zucker stehlen, niemals grüne Grasflecke in seine weissen Hosen machen und niemals alte blinde Leute mit faulen Aepfeln werfen. Er wird stets präparirt in die Schule kommen und stets ein Ausbund der Tugend und Vollkommenheit sein, so dass er als Primus omnium die Schule verlässt und das Abiturientenexamen »Eins mit Auszeichnung« besteht. So wird er auf der Universität weiter wandeln als eine wirkliche »Leuchte der Menschheit« und durch alle Examina ungetrübt hindurch gehen, wie der Vollmond, der am wolkenlosen Frühlingshimmel einherstrahlt. Dann, eingelaufen in eine solide bürgerliche Stellung, wird er in seinen Mussestunden Werke dichten, so reinlich wie frischgewaschene Handtücher, Werke voller Moral und Tugend, weil sie nur der Abglanz seiner eignen appetitlichen Seele sind. Man wird vielleicht in seinen Lustspielen nicht lachen und in seinen Trauerspielen nicht weinen, aber man wird mit dem erhabenen Gefühl nach Hause gehen, der Stimme der Tugend und der Moral gelauscht zu haben.« Damit wollte er sich erhaben zurücklehnen, allein nicht ganz orientirt über die Richtung, in der sich die Lehne befand, verfehlte er diese und wäre fast vom Stuhl gefallen. Ueberhaupt war im Verlauf der Zeit eine kleine Veränderung mit ihm vorgegangen, und seine letzte Rede war lange nicht so glatt vom Stapel gelaufen, wie ich sie des besseren Verständnisses halber dem Sinne nach mitgetheilt habe. Er hatte eine seltsame Manier angenommen, mit den Wörtern zu kämpfen und über sie zu stolpern, bei welcher Gelegenheit ihm dann der Zusammenhang der Gedanken entfiel und mühsam wiedergesucht werden musste. Vermuthlich war das fatale Reissen daran schuld, denn ich bemerkte, dass er dem Uebel durch vermehrten Genuss von Nordhäuser zu begegnen suchte, allerdings ohne den gewünschten Erfolg zu erzielen. Im Gegentheil muss ich bemerken, dass ich von einem jedenfalls sehr tief durchdachten Vortrag über den grossen Werth der Moral, den er folgen liess, keinen Nutzen mehr zu ziehen vermochte, weil er sich für mein Verständniss als zu hoch erwies.

Zuletzt, als seine Rede immer orakelhafter und der Ausdruck seiner Augen immer sauciger wurde, verlangte er zu bezahlen. Obgleich er diesen Act sichtlich in einen Schleier des Geheimnisses zu hüllen versuchte, entging es mir doch nicht, dass die Stillung seines Durstes sieben Gläser Bier, und die Bekämpfung des Reissens ebenso viele grosse Nordhäuser erfordert hatte, woraus man ersehen kann, wie schwer der Arme gelitten haben mag. Nachdem er nicht ohne einige Schwierigkeiten, die sich daraus ergaben, dass er mit grosser Hartnäckigkeit den rechten Arm in dem linken Aermel unterzubringen suchte, in seinen Ueberzieher gelangt war, verabschiedete er sich nicht ohne mir mehrmals die Versicherung zu geben: »die Mo–moral ist die Hau–hauptsache!« Noch in der Thür drehte er sich um, und trotz des lauten Geräusches in dem Lokal konnte ich aus der Formirung seiner Lippen entnehmen, dass er noch einmal das geliebte Wort Moral aussprach.

Aber in der Thür begegnete ihm die Kellnerin, und nun geschah etwas, das mich in Verwunderung setzte. Nämlich er ging mit seliger Miene, gleich als ob er in diesem holden Wesen eine freundliche Verkörperung seiner geliebten Moral erblicke, auf sie zu und versuchte sie zu küssen. Diese junge Dame aber, gewandt wie der Teufel, entschlüpfte ihm, indem ihren zarten Lippen das geflügelte

Wort »Oller Dussel« entfuhr. Der Gute stolperte vorwärts und begab sich plötzlich, mehr dem Gesetz der Schwere als seinen eigenen
Intentionen Folge leistend, mit unerhörter Geschwindigkeit und
ohne seine Beine dabei zu benutzen, die Treppe hinab. Einige Leute,
die gerade von unten kamen, sammelten ihn auf und stellten fest,
dass diese übereilte Handlungsweise dem Braven nichts geschadet
hatte. Nur hatte es sie verwundert, dass er statt eines Dankes weiter
nichts geäussert hatte als in kurzen Pausen: . . . »Aal, . . . Aal!«

Ich aber vermuthe in diesem sonderbaren Ausdruck den letzten
Rest seiner geliebten Moral, von der ihm bereits die grössere Hälfte
unterwegs abhanden gekommen war.

Im Jahre 1984.

Der Hauptkummer des Herrn Göttlich Nothnagel war, dass er zu früh auf die Welt gekommen sei. Wir stehen, sagte er sich, erst am Anfange der grossen technischen Vervollkommnungen, die Luftschifffahrt liegt noch in den Windeln, und keine Ahnung haben wir, welche Schätze uns noch eine geniale Anwendung der Elektricität in den Schooss werfen wird, keine Vorstellung, welche Wunder der Fortschritt unserer chemischen Kenntnisse noch einmal zu Alltäglichkeiten macht. Wir ahnen zwar, dass es nur einen Urstoff gibt, dessen verschiedene Zustände wir Elemente benennen, aber noch Niemand ist es gelungen, diesen Urstoff aufzufinden und aus ihm Gold, Eisen, Brom, Kalium, Schwefel, Sauerstoff oder sonst ein beliebiges Element herzustellen. O, wie viel weiter werden wir in hundert Jahren sein; wer das Alles doch mit erleben könnte.

Als Herr Gottlieb Nothnagel eines Abends im Lehnstuhl sass, seine Pfeile rauchte und solchen Gedanken nachhing, klopfte es plötzlich leise an seine Thür, und als er öffnete stand ein junges, zierliches Mädchen mit einem leuchtenden Antlitz draussen und reichte ihm etwas in Papier Gewickeltes hin: »Ich bringe die Galoschen!« sagte sie.

»Welche Galoschen?« fragte Nothnagel verwundert, »ich habe keine bestellt.«

»Sind Sie Herr Gottlieb Nothnagel?« fragte sie.

»Jawohl,« war die Antwort.

»Nun, dann sind auch die Galoschen für Sie!« rief sie aus, drehte sich auf dem Absatz um und lief mit einem silbernen Gelächter die Treppe hinab.

»Verrückte Geschichte!« dachte Nothnagel, »und wie wunderliche Augentäuschungen es giebt; war mir doch gerade, als wenn das Frauenzimmer unten über den Flur auf einer Glaskugel zum Hause hinaus schwebte, wie man die Fortuna auf Bildern abmalt.« Er ahnte aber nicht, dass er ganz recht gesehen hatte, und dass er die Galoschen des Glücks in den Händen hielt, von denen uns Andersen erzählt, jene zauberkräftigen Ueberschuhe, die dem, der sie an den

Füssen trägt, jeden Wunsch erfüllen und ihn augenblicklich dorthin versetzen, wo er zu sein wünscht. Er wickelte die Galoschen aus und betrachtete sie, konnte aber nichts Besonderes an ihnen bemerken. Dann zog er sie an; sie passten wie angegossen. Er ging einige Male im Zimmer auf und ab und dachte: »Ja, in hundert Jahren wird man so schwerfällige Dinger auch nicht mehr kennen, da wird das Schuhzeug von einer Vollendung sein, dass man dergleichen Nothbehelfe entbehren kann. Wer das doch noch erlebte! Ich wünsche mir nur einmal in dem Berlin von 1984 einige Stunden umherzuwandern.«

*   *
*

Ja, was war das? Er befand sich plötzlich in einer unendlich langen, mit Glas gedeckten Halle, und ein sonderbares Schnurren und Rollen war um ihn herum, beinahe wie in einem starkbesuchten Skating-Rink, nur viel lauter. Als sich Nothnagel aus der Verwirrung und Betäubung dieser plötzlichen Verwandlung einigermassen erholt hatte, vermochte er genauer zu erkennen, was ihn umgab. Auf dem glatten Pflaster dieser Halle schnurrten eine Menge niedriger kleiner Wagen mit drei Rädern einher, die meisten nur mit einer, manche jedoch auch mit zwei Personen besetzt, ohne dass man erkennen konnte, wie diese Gefährte in Bewegung gesetzt wurden. Man bemerkte nur unter dem Sitze einen Blechkasten der gleichzeitig die Achse der beiden Haupträder umschloss. Fussgänger sah er gar nicht, sondern Alles fuhr und zwar mit einer wunderbaren Schnelligkeit und Geschicklichkeit im Ausweichen. Dabei wollte es ihn fast sonderbar bedünken, dass bei diesen fahrenden Leuten die Trachten aller Jahrhunderte und aller Völker vertreten waren; in allen Kostümen seit Anbeginn der Welt, mit einziger Ausnahme des adamitischen, sauste und schnurrte es an ihm vorüber. Als er nun so stand und ziemlich verblüfft diese wunderlichen Thatsachen anstarrte, hielt plötzlich neben ihm eines der zweisitzigen Geführte und ein Mann, an dessen Mütze in Goldschrift stand: »Concess. Fremdenführer«, bot ihm seine Dienste an. Nothnagel stieg zu diesem Manne in den Wagen, und fort ging es. Zuweilen ward die lange Halle, in der sie fuhren, von anderen Querhallen gekreuzt und unser Reisender merkte bald, dass er sich in einem grossen System von glasgedeckten Strassen befand, denn die

Wände dieser Hallen waren aus lauter Häusern in den buntesten und verschiedensten Stilarten gebildet.

»Um Gottes Willen«, rief er endlich, »sagen Sie mir doch, mein Herr, wo befinde ich mich?«

»In der Friedrichstrasse, auf dem Wege nach den Linden,« sagte der Mann. Unterdess bogen sie auch schon um die Ecke und befanden sich in der zuletzt genannten Strasse, einer ungeheuren glasgedeckten Halle, deren Wände durch schimmernde Paläste gebildet wurden. Dort, wo sonst verkümmerte Lindenbäume mit dem Staube kämpfend langsam dahinsiechten, war ein prächtiger Wintergarten, wo über breitblättrige Bananen und andere tropische Pflanzen mächtige Palmen ihre Wipfel erhoben. Der Fremdenführer hielt jetzt seinen Wagen an vor einem palastartigen Gebäude mit der Inschrift: Internationale elektrische Gesellschaft, vormals Siemens und Halske. Depot Nr. 175. Er nahm aus dem Kasten seines Wagens einen viereckigen Gegenstand, eilte damit in das Haus und kam gleich darauf mit einem ganz gleichen Körper zurück, den er in den Wagenkasten einschloss. »So, nun läuft die Karre wieder auf vierundzwanzig Stunden,« sagte er befriedigt.

Nothnagel hatte sich unterdess umgeschaut und sich über diese glasbedeckten Strassen allerlei Gedanken gemacht. »Sagen Sie mal«, sprach er, »als sie nun langsam weiter fuhren, »was wird aus diesen Glasdächern, wenn ein starkes Hagelschauer eintritt?«

»Das thut ihnen garnichts,« sagte der Mann, »sie sind aus hämmerbarem Glas hergestellt, Deutsches Reichspatent Nr. 76334591. – Dieses Glas lässt sich biegen, rollen und in jede Form hämmern. Sie wissen doch, dass sämmtliche elektrischen Schiffe, die den Verkehr mit unseren afrikanischen Colonien vermitteln, aus Glas hergestellt werden.«

»Ich weiss nur, dass mir der Kopf brummt,« sagte Nothnagel. »Aber,« fuhr er fort, »was bedeuten nur die Leute, die uns so häufig begegnen und wie lackirte Schornsteinfeger aussehen?«

Der Fremdenführer unterdrückte ein verächtliches Lächeln über die bodenlose Unwissenheit seines Clienten, und antwortete: »Haben Sie nicht von dem Leder-Regime des Professors Förster in Cannstadt gehört? Seine Anhänger kleiden sich einzig von Kopf bis zu Fuss in gewichstes Leder. Sehen Sie, wir fahren gerade an der Hauptniederlage vorbei.« Damit zeigte er auf ein Haus, an dem zu lesen stand: »Bazar Augsburg, Hauptniederlage der Professor Förster'schen Lederwaaren«, und darunter:

»*Löbliche Leute lieben Leder!*«

Man sah auch an der nächsten Strassenecke eine Wichsmaschine aufgestellt, in die die Bedürftigen hineinspazierten, um an der anderen Seite nach einer halben Minute glänzend blank gewichst wieder zum Vorschein zu kommen. Nothnagel erfuhr auch, dass die ächten Försterianer nur mit ledernen Löffeln essen und ausschliesslich auf Pergament schreiben, die allerächtesten sich sogar einer ledernen Gesinnung befleissigen.

»Was sagen denn die Anhänger des Professors Jäger dazu?« fragte Nothnagel.

»Wer ist Jäger?« fragte der Fremdenführer. Nothnagel zog es vor zu schweigen. Dann erfuhr er auf seine weiteren Fragen, dass es eine Mode und einen allgemeinen Baustil nicht mehr gab. Ein Jeglicher kleidete sich in die Tracht irgend eines Jahrhunderts oder Volksstammes, die ihm am besten gefiel, und baute sein Haus nach gleichen Prinzipien. Da kam es denn vor, dass ein japanisch gekleideter Mann mit einer Frau aus dem Rokkoko-Zeitalter in einem griechischen Tempel wohnte und ihnen von Dienstboten in der Tracht der alten Aegypter aufgewartet wurde, während der älteste Sohn in Pluderhosen aus der Landsknechtszeit auf die Universität fuhr und das Töchterlein als junge Römerin das Conservatorium besuchte.

Endlich meldete sich der Hunger und Nothnagel fuhr mit seinem Begleiter in eine Restauration. Diese bot einen merkwürdigen Anblick dar, denn es befanden sich einzig darin lauter runde Tische zu vier Personen. Die Platte eines solchen Tisches ruhte auf einer starken runden Säule, die aus dem Fussboden hervorkam, und Stühle waren nicht vorhanden, da jeder auf seinem kleinen Wagen sitzen blieb. Auch Bedienung gab es nicht in diesem Raume, dafür war bei jedem Platz ein Ess-Knopf und ein Trink-Knopf vorhanden , durch die man in die unteren Räume telegraphirte. Bei jedem Gerichte auf der Speisekarte stand ein Zeichen, ähnlich wie sie bei dem Morse'schen Telegraphen angewendet werden, z. B.:

Antilopenrücken	– .
Krokodill in Sauer	– . –
Gebackene Heuschrecken	. .
Palmkohl	– – .

etc. etc.

Es muss dazu bemerkt werden, dass durch die ausserordentlich schnellen Verkehrsgelegenheiten dergleichen exotische Nahrungsmittel täglich frisch in Berlin zu haben waren. Daraus erklärte sich auch der grosse Anschlag an der Wand: »Heut Ausschank von Exportbier aus der Kaiserlich Chinesischen Staatsbrauerei in Tonkin.« Dieses Bier ward stilgemäss aus grossen Porzellantassen getrunken.

Hatte man nun sein Bier und seine Nahrungsmittel durch angemessenes Drücken auf die Knöpfe bestellt, so erschienen Speisen und Getränke mitten auf dem Tisch durch einen Aufzug in der hohlen Tragesäule. Ebenso empfing man die Rechnung, die am Ausgang an der Kasse bezahlt werden musste.

Es sassen zwei Herren an demselben Tische, die folgendes Gespräch mit einander führten:

A. »Haben uns lange nicht gesehen.«

B. »Reiste die letzten drei Wochen fortwährend für's Geschäft. War in Amerika fünf Tage, drei in Australien und sieben in Asien. Fuhr gestern von Archangel ab und will morgen früh in Dublin sein; brauche erst um Mitternacht zu fahren, weil ich über den Kanal die Bombenpost benutze; man spart dadurch zehn Minuten an der Tour.«

»Was ist die Bombenpost?« fragte Nothnagel seinen Begleiter.

»Sie wissen ja,« sagte dieser, »dass die Luftschifffahrt noch immer nicht erfunden ist, aber die Bombenpost ist eine Art Surrogat dafür, auf kurzen Strecken, wie z. B. zwischen Dover und Calais. Der Passagier legt sich in eine Art grosser ausgepolsterter Granate und wird dann aus einem ungeheuren langen Kanonenrohr vermittelst einer langsam wirkenden Sorte von Pulver – damit zu Anfang kein Stoss eintritt und die nöthige Geschwindigkeit erst allmählich erreicht wird – über den Kanal geschossen und auf der anderen Seite durch einen höchst sinnreichen Mechanismus sehr sanft aufgefangen. Auf grössere Strecken bewährt die Sache sich nicht, weil wegen der geringen Rasanz der Flugbahn das Geschoss auf der Mitte des Weges in eine zu grosse Höhe gelangen würde, woselbst wegen der starken Kälte und der Dünnigkeit der Luft die Passagiere zu Grunde gehen.«

Am Abend fuhr Nothnagel mit seinem Begleiter in's Theater, allein das Stück, das sehr bejauchzt wurde, gefiel ihm nicht, weil er gar nichts davon verstand, besonders dann nicht, wenn am brüllendsten gelacht wurde. Die Einrichtung der Bühne war ihm neu, denn diese stand auf einer ungeheuren Drehscheibe, auf der vier verschiedene Bühnenräume vorhanden waren. Sollte eine Verwandlung geschehen, so war die neue Dekoration bereits auf dem nebenliegenden Raume fertiggestellt und wurde durch eine viertel Drehung der Scheibe ohne grossen Zeitverlust vorgeschoben. Nothnagel ging bald fort und besuchte ein anderes Theater, das ohngefähr den heutigen Reichshallen entsprechen würde. Dort sah er zum Tanzen abgerichtete Nilpferde und ein Kameel, das durch Reifen sprang, eine Pfeife rauchte und nach der Scheibe schoss. Die Hauptanziehung des Abends war jedoch ein zum Klavierspiel abgerichteter Chimpanse, der vierhändige Sachen von Liszt auswendig spielte. Er erfuhr, dass durch die Entdeckung der Befähigung anthropomorpher Affen für das Klavierspiel alle menschlichen Virtuosen für dieses Instrument brodlos geworden waren, indem selbstverständlich vier Hände doch mehr leisten können, als zwei. Der grösste Künstler dieser Art war augenblicklich ein Gorilla, der zur Zeit in Amerika gastirte und 5000 Doll. für den Abend erhielt.

Nach dem Theater brachte ihn der Fremdenführer nach dem naheliegenden Pustbahnhof, von wo aus er in ein sehr gutes Hotel der Vorstadt Potsdam befördert werden sollte. Denn so weit hatte Berlin sich ausgedehnt; die Havel floss jetzt mitten durch die Stadt, und der Grunewald war längst an die Stelle des Thiergartens getreten, während dieser Monumentenhain hiess, weil dort die Bildsäulen aller berühmten Berliner aufgestellt waren, von dem ausgezeichneten Volksdichter Queva bis auf die neueste Zeit. Das System der pneumatischen Beförderung, das man früher nur für Briefschaften kannte, war sehr ausgebildet worden und ganz Berlin war von einem engmaschigen Netz von meterweiten Röhren zur Personenbeförderung durchsponnen. Nothnagel nahm liegend in einem inwendig gepolsterten und elektrisch erleuchteten Wagen Platz, dieser rollte in das Rohr hinein und nach einer schnellen und geräuschlosen Fahrt stieg er seinem Hotel gegenüber in Potsdam aus. Sofort hydraulisch in sein Zimmer befördert, empfand er das Bedürfniss eines Bades und suchte nach der Glocke für den Kellner. Allein er fand an der Hauptwand in einer Reihe eine Unzahl von Knöpfen und eine Menge von Hähnen, deren Bezeichnung mit Buchstuben ihm nicht augenblicklich klar ward. Zur Probe drückte er einen mit B. W. bezeichneten Knopf und sofort öffnete sich die Wand und eine Badewanne schob sich geräuschlos in's Zimmer. Froh, dass er es gleich so richtig getroffen hatte, untersuchte er eine Reihe von Hähnen, die jetzt gerade über der Badewanne lagen, und fand zwei, die mit W. W. und mit K. W. bezeichnet waren. Haha: »Warmes Wasser« und »Kaltes Wasser,« sagte er sich, das ist einfach. Kaum aber hatte er beide Hähne geöffnet, als draussen eine laute Musik losging und zugleich ein heller Schein in's Zimmer fiel. Neugierig lief er hin, öffnete das Fenster und sah nun, dass draussen eine grosse Prozession, wahrscheinlich ein elektrischer Fackelzug, vorüber zog. Voran auf einem Wagen, jedenfalls auch elektrisch betrieben, denn Pferde waren nicht davorgespannt, fuhr ein grosses Orchestrion, das eine Musik vollführte, gegen die die schlimmsten Stellen aus Wagner'schen Opern wie sanftes Gesäusel erschienen, so wenig hat dieser grosse Mann noch von wirklicher Zukunftsmusik geahnt. Hinterher fuhren auf den bekannten kleinen Wägelchen einige Hundert Leute mit elektrischen Lichtern. Dieses nie gesehene Schauspiel zog Nothnagel so an, dass er ganz seine Badewanne vergass, und als er zu ihr zurückkehrte, war sie bereits bis zum Rande gefüllt. Er stellte die Hähne ab, prüfte mit der Hand das Wasser und fand es recht kalt. Zugleich aber bemerkte er auch, dass das ganze Zimmer mit einem starken Weindunst erfüllt war. Er leckte prüfend seine Finger ab und siehe, es war lauter Wein in der Wanne, denn die Buchstaben der Hähne bedeuteten Weiss-Wein und Kap-Wein. Er hätte entweder W. B. oder K. B. öffnen müssen, »Warmes Bad« oder »Kaltes Bad«. Was sollte er nun mit dieser ungeheuren Bowle anfangen ? Er probirte die Mischung und fand sie nicht übel. Bezahlen musste er diesen unendlichen Wein nun doch auf jeden Fall, denn er bemerkte, dass hinter jedem Hahne in der Wand ein mit starker Glasplatte bedecktes Messinstrument angebracht war. Der Zeiger dieses zeigte für Weisswein 648 Liter und für Kapwein 493 Liter. Rechnet man das Liter auch nur zu zwei Mark, so ergab dies 648 + 493 × 2 = 2282 Mark – ihn schauderte. Er holte schnell ein Literglas herbei, das er auf dem Tische fand, denn er wollte wenigstens etwas von dieser Sache haben. Aber schon bei dem dritten Liter fand er, dass er es mit einem kräftigen Gegner zu thun hatte. Er fühlte das Feuer des Südens und die Kraft des Nordens in seinen Adern und aus Beidem erwuchs der Drang zu ungewöhnlichen Thaten. Um diesen zunächst in etwas zu befriedigen, drückte er an alle Knöpfe, die so reichlich in dem Zimmer vorhanden waren. Dieses hatte aber ungeahnte Folgen, denn die Hotels des Jahres 1984 waren so eingerichtet, dass man von jedem Zimmer aus die Feuerwehr, die Polizei, den Arzt, den Barbier und wer weiss was sonst noch durch einen einfachen Fingerdruck herbeizurufen vermochte. So geschah es denn, dass in kurzer Zeit ein furchtbarer Aufruhr in und vor dem Hotel entstand, denn er hatte, ohne es zu wissen, der Feuerwehr das Signal »Gross Feuer«, der Polizei die Nachricht »Ueberfall durch Räuber«, dem Arzte »Acute Vergiftung«, der Hebamme »Zwillinge in Sicht« und dergleichen mehr gegeben, so dass in kurzer Zeit sein Zimmer von Leuten wimmelte, die weiter nichts fanden, als einen betrunkenen Herrn mit einem Literglas in der Hand, der sie aufforderte, mit ihm eine Badewanne voll Bowle auf das Wohl des 20. Jahrhunderts zu leeren. Da der Arzt in diesem Benehmen die Kennzeichen geistiger Störung fand, so suchte man sich seiner zu versichern und ihn zu ergreifen. Dies wollte aber Nothnagel durchaus nicht haben, sondern wehrte sich so energisch, dass ihm in der Hitze des Gefechtes die Galoschen von den Füssen gestreift wurden.

*   *

*

Herr Gottlieb Nothnagel sass plötzlich wieder in seinem Zimmer, Potsdamer Strasse 61 a, auf dem Lehnstuhl und rieb sich die Augen, denn ihm war ganz schwindlich zu Muthe. Als er den Blick erhob, war ihm gerade so, als schlüpfe Jemand aus seiner Zimmerthür. Schnell eilte er hin und schaute hinaus, sah aber nur noch eine leichte weibliche Gestalt, die ein in Papier gewickeltes Packet unter dem Arme trug, eilfertig die Treppe hinabeilen.

Die Afrikareise.

Als ich einst bei meinem alten Freunde Kapitain Christian Brathering in Wustrow auf Fischland um die Abenddämmerung bei einem Glase steifen Groggs sass, und ein Wort das andere gab, stand dieser, da wir uns gerade über afrikanische Verhältnisse unterhielten, plötzlich auf, kramte unter allerlei Raritäten ein altes, sehr mitgenommenes Buch hervor und schenkte es mir zum Andenken, da ich am nächsten Tage abreisen wollte. Er meinte, da ich für allerlei Schriftwerk eine besondere Vorliebe hege, würde mich auch der Inhalt dieses Buches vielleicht anziehen, da es sehr pläsirlich zu lesen sei, und fügte zur Erläuterung bei, dass er es in früheren Jahren, da er noch als Kapitain des trefflichen Barkschiffes Maria Sophia weite Reisen unternommen, einst an der Westküste Afrika's gegen einen Handschuhknöpfer von einem Neger aus dem Innern eingetauscht habe. Da nun gleich darauf der alte Kapitain Johann Voss eintrat, und dadurch das Gespräch eine andere Wendung annahm, so steckte ich das Buch unbesehen in die Tasche. Am anderen Morgen gerieth es in der Eile auf gleiche Weise in meinen Koffer, und so geschah es, dass erst zu Hause in Berlin das fast vergessene Buch mir wieder in die Hände kam. Es war ein ziemlich grosses und dickes in Leder gebundenes Notizbuch und zeigte starke Spuren des Gebrauches und schlechter Behandlung. Im Innern war es von einer sorgfältigen und ziemlich deutlichen Handschrift bis auf 21 leere Blätter am Schluss angefüllt, jedoch da die Seiten Zahlen trugen, sah man bald, dass einige Blätter, wer weiss zu welchen profanen Zwecken, ausgerissen waren. Auf anderen Seiten dagegen war die Schrift bis zur Unkenntlichkeit verlöscht, so dass man nur einzelne Wörter noch zu entziffern vermochte. Bei näherer Prüfung dieses Schriftstückes gerieth ich nun aber in die höchste Aufregung, da ich merkte, dass ein unbezahlbarer Schatz in meine Hände gerathen war, denn schon nach kurzer Besichtigung wusste ich, dass das Reise-Tagebuch des vor langen Jahren in Afrika verschollenen Doctors Balthasar Strangmöppel vor mir lag, desselben, der vor etwa zehn Jahren Afrika nicht zu durchqueren, nein im Gegentheil zu durchlängsen versuchte. Ich muss wohl in der Freude meines Herzens allerlei tolles Zeug an den Tag gegeben haben, denn ich erinnere mich, dass ich der alten Frau Hirsewenzel, bei der ich wohne, um den Hals fiel, sie für das Ideal eines Weibes erklärte, ihr ein Atlaskleid versprach und dergleichen Unfug mehr verübte. Anstatt sich aber mit mir zu freuen, wurde Frau Hirsewenzel sehr bange und entfloh, so schnell sie es vermochte, und nach einer Weile trat ihr Hausarzt Herr Sanitätsrath Kosengiebel sehr vorsichtig bei mir ein, mit der besorgten Frage, wie es mir ginge, während meine gute Hauswirthin blass, zitternd und fluchtbereit in der geöffneten Thür verharrte. Nicht ohne Mühe gelang es mir dann endlich die Zweifel an der Gesundheit meines Geisteszustandes zu zerstreuen.

Ich bereite nun die Herausgabe dieses kostbaren Notizbuches vor, allein vorher möge mir es gestattet sein im Auszuge einige besonders merkwürdige Aufzeichnungen des berühmten Reisenden vorzuführen. Man wird daraus ersehen, wie lückenhaft noch immer trotz aller Anstrengungen der tapfersten Reisenden unsere Kenntniss innerafrikanischer Zustände beschaffen ist.

1.

. . . . schon 5 Tage durch die Wüste Tumbi. Zu Hause in Berlin macht man sich einen ganz falschen Begriff von einer afrikanischen Wüste. Man denkt sich so ohngefähr das Wilmersdorfer Unland etwa bis auf den Umfang des Russischen Reiches vergrössert, aber das ist ganz falsch, die Wüste ist viel sandiger. Wenn man, mit einer üppigen Phantasie ausgerüstet, sich so viel Sand vorstellt, als nur möglich ist, so kann man überzeugt sein, dass dies nicht der zehnte Theil des Sandes ist, der sich in einer solchen Wüste befindet.

*   *

*

Unsere Wasservorräthe gehen zu Ende und wir sind sehr sparsam damit, die Rationen werden mit dem Tropfenzähler ausgetheilt. Abends um die Bierzeit ist mein Durst ein feuriges Ungeheuer, und Nachts träume ich ausschliesslich von Getränken. Gestern schwamm ich im Traum in einem See von Weissbier und ringsum an den Ufern standen mit freundlichem Lächeln sämmtliche Berliner Weissbierwirthe und freuten sich über meinen Durst, indem sie fortwährend neue Kruken in den See entleerten. Heute hatten wir eine Fata morgana. Am Horizont erschien der Tempelhofer Bock, aber seltsamer Weise von Palmen beschattet. Möge mir der Himmel die furchtbaren Flüche verzeihen, die sich meinen Lippen entrangen, als mir in grässlichem Hohne die trügerische Luftspiegelung fröhlich zechender Menschen vorgezaubert ward. Später entstand sichtlich eine Keilerei, das Bild gerieth in's Schwanken und löste sich zitternd in Dunst auf.

*   *
*

Die Löwen und alle Thiere in dieser Gegend waren furchtbar ausgehungert und schwach, denn in der Wüste war Misswachs gewesen, und was dies zu bedeuten hat in einer Region, wo schon in guten Jahren nichts wächst, kann man sich leicht vorstellen. Schon die Anstrengung einen, wenn auch nur unbedeutenden Schatten zu werfen, ermüdete die Thiere so, dass sie sich stundenlang davon ausruhen mussten.

*   *
*

Endlich bekamen wir die Oase Aniba in Sicht, die Kameele unserer Karawane hatten schon längst durch vergnügtes Schnuppern angedeutet, dass sie Witterung davon hatten. Unser Muth belebte sich, und am Abend zogen wir jauchzend in den Gasthof »Zum Wüstenschiff« ein. Im Wirthsgarten herrschte reges Leben, die eingeborenen Neger sassen beim Abendschoppen, und um zwei lange Tische reihte sich eine grosse Anzahl schwarzer Studenten aus Balindu, die mit ihren Professoren auf einer Studienreise begriffen waren und sich deshalb, ganz wie bei uns, vorzugsweise mit der Erforschung fremder Biere beschäftigten. Nachdem ich, einsam an einem Tische sitzend, in harter dreistündiger Arbeit meinen monumentalen Wüstendurst durch das vortreffliche Palmbier soweit gebändigt hatte, dass ich der Sprache wieder mächtig war, stellte ich mich meinen schwarzen wissenschaftlichen Collegen vor und fand recht nette Leute in ihnen. Der eine trug über Sklavenhandelsrecht, der andere über Elephantenzahnkunde vor, bekanntlich die beiden wichtigsten Wissenschaften in Innerafrika, und kaum hatten sie meinen Namen gehört, als auch schon Silentium geboten wurde und sofort ein Salamander stieg auf den berühmten Reisenden Dr. Strangmöppel, worauf ich mir die Freiheit nahm auf die Universität Balindu als einen Hort der Wissenschaft einen zweiten zu kommandiren. Es ward konstatirt, dass auch hier in Innerafrika die Füchse nachklappen. Unter den Studenten waren auch Mitglieder der zwei Corps Saharia und Kaffria. Die Saharen tragen Knallroth, Eiergelb und Donnergrün, während die Farben der Kaffern Blitzblau, Semmelblond und Kaffeebraun sind. Später kam es zu einigen Reibereien zwischen den Mitgliedern der beiden Corps und zu verschiedenen Contrahagen. Die leichteren Forderungen lauteten auf glatte Speere mit Schilden und 25 Schritt Distanz, die schwereren auf Speere mit drei Widerhaken, ohne Schilde, 20 Schritt, bis zur Abfuhr.

*   *

*

Um Mitternacht erwartete man die Kameelpost aus Balindu, und richtig, als die grosse Normal-Wüstensanduhr fünf Minuten vor zwölf zeigte, ertönte die Pauke des Postillions in einiger Entfernung und kündigte den aus 30 Kameelen bestehenden Postzug an. Kurze Zeit darauf stürzte ein sehr dicker, europäisch gekleideter Mann in den Garten, lief auf mich zu und umarmte mich unter den heftigsten Freudenbezeugungen. Ich erkannte meinen alten Schulkameraden Emil Kantapfel, der, nachdem er in dreijähriger Anstrengung die Schranken von Obertertia nicht zu durchbrechen vermocht hatte, in die weite Welt gegangen war. Durch wundersame Schicksale schliesslich nach Balindu verschlagen, hatte er hier sein Glück gemacht, indem er den König des Landes bewogen hatte, ihm die Mittel zur Errichtung einer grossartigen Palmbier-Brauerei zu gewähren. Nachdem er nun so das Fundament jeder wahren Kultur, ein anständiges Nationalgetränk geschaffen hatte, nahm die allgemeine Bildung im Lande einen reissenden Fortschritt. Da durch den vortrefflichen Stoff die Grundbedingungen alles studentischen Lebens gegeben war, so folgte natürlich die Errichtung einer Universität auf dem Fusse, und andere segensreiche Einrichtungen schlossen sich an.

Mein Freund genoss in Folge dessen ein grosses Ansehen und war vor Kurzem vom König zum Minister der geistigen Getränke und Kulturangelegenheiten ernannt worden. Jetzt befand er sich auf einer grösseren Bierreise zur Inspektion seiner Filialen. Mit einem gewissen Stolze überreichte er mir seine Erstlingsschrift, zugleich das erste Werk, das aus der Königlichen Hof- und Staatsdruckerei in Balindu hervorgegangen war: »Ueber die Bierverhältnisse von Innerafrika und ihre Bedeutung für die Kultur der Gegenwart«.

Bevor ich meinen Weg weiter in das Innere fortsetzte . . . .

(Anmerkung des Herausgebers: Hier findet sich eine jener grösseren durch fehlende Blätter veranlassten Lücken.)

2.

. . . . als ich plötzlich einer grossen Elephantenheerde ansichtig wurde. In Folge meiner genauen Kenntniss von den Eigenschaften der afrikanischen Elephanten hatte ich mir in Berlin eine furchtbare Büchse bauen lassen, die der »Elephantenpüster« getauft war und eine halbpfündige Dynamitgranate schoss. Von diesem Gewehr versprach ich mir grosse Erfolge, nur hatte es den einen Fehler, dass sein Rückschlag ungemein stark war und selbst den kräftigsten Schützen veranlasste, nach dem Abfeuern mindestens sieben Mal rückwärts Kobold zu schiessen, was für diesen gerade nicht angenehm war, den Zuschauern jedoch immerhin einen erheiternden Anblick darbot. Es gelang mir, mit dieser Büchse mich an einen alten Elephantenbullen heranzuschleichen, der gedankenvoll in einer Lichtung stand und einen Brodbaum frühstückte. Meine Träger warteten in weiter Entfernung lüstern auf Elephantenbraten, den sie sehr lieben, besonders die Koteletten wegen ihrer ungemeinen Grösse, allein diesmal hatten sie sich umsonst gefreut, denn die Sache kam anders. Als ich nach dem Abfeuern meiner vortrefflichen Büchse ohngefähr bei dem dritten Purzelbaum war, hörte ich mit Befriedigung einen zweiten noch viel gewaltigeren Knall, der durch das Explodiren der Dynamitgranate hervorgebracht wurde, und als ich endlich nach dem achten Saltomortale wieder festen Fuss gefasst hatte, sah ich mich begierig nach der Wirkung meines Schusses um. Jedoch der Elephant war fort. War er in die Erde versunken? Vorsichtig ging ich näher, allein ich fand an dem Orte, wo er gestanden hatte, nur ein wenig Blut und einige Fleischfetzen, im Uebrigen war das riesige Thier durch die ungeheure Gewalt meiner Dynamitgranate vollständig in die Luft zerstreut worden. Eine halbe Stunde weiter fanden wir einen seiner gewaltigen Stosszälme metertief in

einen Eisenholzbaum gerammelt, und meine Leute erzählten mir
mit kummervollen Mienen, sie hätten den Rüssel und das Filet über
sich hinweg in einen fernen Sumpf sausen sehen.

3.

So weit die Proben aus den eigenen Aufzeichnungen des Doctor
Strangmöppel; das Uebrige möge man in dem nächstens erschei-
nenden Werke selbst nachlesen. Besonders interessant ist der Moment geschildert, wo dem Reisenden die Gegend anfängt so merkwürdig vorzukommen; wie er seine astronomischen Beobachtungen
macht und nun bemerkt, dass, wo er sich befindet, auf der Karte
Alles weiss ist, worauf er in den jauchzenden Ruf ausbricht: »Hurrah, nun geht das Entdecken los!« Eine aufregende Scene ist es
auch, wie er später den grössten aller beobachteten Schmetterlinge,
den Papilio Gigas Strangmöppeli, auffindet. Er ist beim Botanisiren
eingeschlafen und wacht auf durch ein Kribbeln an der Nase,
höchst verwundert, sein Gesicht von einem Etwas, gleich einem
farbigen Sonnenschirm, beschattet zu sehen. Endlich überzeugt er
sich, dass ein ungeheurer Schmetterling von etwa einem Meter
Flügelspannweite auf ihm sitzt und mit dem Rüssel seine Westenta-
schen untersucht, in denen sich etwas Zucker für die mitgeführten
Affen befindet. Unerschrocken packt er ihn mit beiden Händen um
die Brust und bewältigt ihn nach langem Kampfe, obgleich er ein
paar Mal hoch in die Luft emporgehoben wird.

Am merkwürdigsten ist aber wohl sein Besuch beim König
Mumbo Dumbo in dem noch nie von eines Europäers Fuss betrete-
nen Reiche der Bombi. Dieser Fürst hat ein Heer, das ebenso wohl
organisirt ist als das preussische, und veranstaltet zu Ehren des
fremden Reisenden eine grosse Parade. Nicht genug kann dieser die
ausgezeichneten Leistungen der auf Nilpferden berittenen schwe-
ren Wasserkavallerie rühmen. In diesem Reiche giebt es vorzügliche
Gaukler und von einem dieser sieht der Reisende das schon in der
Bibel erwähnte Kunststück, Kameele durch ein Nadelöhr gehen zu
lassen.

Auf einer der am meisten verwischten Seiten des Notizbuches
war nur ein einziges Wort erhalten, jedenfalls der Name einer neu-
entdeckten Dachsart. Es stand dort:

... Cementpappdachs ....

Ueber diesen besonderen Namen haben sich die Zoologen sehr die Köpfe zerbrochen und konnten nicht zu einer Klarheit gelangen, weshalb Strangmöppel wohl diese Bezeichnung gewählt haben könne. Ein Ingenieur, dem ich diese Stelle zeigte, brach in ein banausisches Hohngelächter aus und sagte, dies wäre gar kein Dachs, sondern nur der Genetiv von Cementpappdach. Es ist doch betrübend, dass Leute, die eine gewisse Bildung genossen und eine technische Hochschule besucht haben, so wenig wissenschaftlichen Sinn besitzen, dass sie es wagen, bei solchen ernsthaften Fragen mit einem Kalauer sich abzufinden.

Ueber die Art, wie dieser verdienstvolle Forscher zu Grunde gegangen ist, enthält das Notizbuch keinerlei Andeutung; nur auf der letzten Seite befindet sich der Abdruck eines blutigen Negerdaumens.

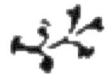

Pannemann's Memoiren.

Ich wusste ganz bestimmt, dass in dem Nachlass meines Freundes Pannemann sich seine Memoiren finden müssten. Er selber hatte oftmals davon gesprochen und auch brieflich ihrer erwähnt. Unser gemeinschaftlicher Barbier, Herr Siebentritt, hatte ihn einstmals betroffen, als er vor einem kleinen Wandschränkchen stand, in dem er eine Flasche Gilka für gewöhnliche und eine Flasche Daubitz für ausserordentliche Fälle stehen hatte. Im untersten Fache dieses Behälters hatte ein Manuscript gelegen aus Foliobogen, mit der grossen, etwas sperrigen Handschrift Pannemanns beschrieben. Dieser hatte einige der Blätter emporgehoben und wieder fallen lassen und gesagt; »Det sind meine Memoiren!« So wenigstens gab der Barbier diese Aeusserung wieder, obwohl es bei der grossen Bildung meines Freundes Pannemann unwahrscheinlich ist, dass er sich also im Dialect ausgedrückt hat. Herr Siebentritt schätzte den Umfang dieses Manuscripts auf etwa 2¾ Pfund.

Nun fehlte es aber nicht an gegentheiligen Stimmen, die einerseits behaupteten, Herr Pannemann habe aus Familienrücksichten diese Schriften schon bei Lebzeiten wieder vernichtet, während andrerseits die Sage ging, Frau Pannemann habe in ihrer Unkenntniss des Werthes dieser Blätter sie zum Fensterputzen, zum Feueranmachen oder sonst zu irgend geheimnissvollen Wirthschaftszwecken verwendet. Ja, es gab einige, und zu diesen gehörten die meisten Stammtisch-Genossen des Verewigten, die an die Existenz dieser Memoiren überhaupt nicht glaubten, sondern die ganze Sache für Mumpitz erklärten.

Eine Studienreise, unternommen für mein neuestes Werk: »Vergleichende Uebersicht aller deutschen Biere von Bedeutung«, hielt mich leider von Berlin fern, als mein Freund Pannemann starb und begraben ward, denn ich sass gerade in München und Umgegend in der tiefsten Arbeit und konnte diese, ohne Schaden für die rechtzeitige Vollendung meines Werkes, nicht unterbrechen. Sofort aber nach meiner Rückkehr machte ich mich auf, um die Angelegenheit mit den Memoiren auf jeden Fall klar zu legen. Ich kann wohl sagen, und der Leser wird mir Recht geben, dass ich in diesem Falle vom Glücke aussergewöhnlich begünstigt worden bin, denn machte

41

ich mich nur einen Tag, ja ich möchte sagen eine Stunde später, ja eine Minute später auf den Weg, so wäre dies kostbare Manuskript wahrscheinlich auf ewig verloren gewesen. Als ich nämlich in die Nähe des Pannemann'schen Hauses gelangte, sah ich den jüngsten Sprössling Lude Pannemann aus der Hausthür treten, mit einem in Zeitungspapier gewickelten Packet unter dem Arm. Ich weiss nicht, aus welchem Grunde – aber wie ein Blitzschlag durchfuhr es mich: »Das sind die Memoiren!« Ich folgte dem Jungen, der in der nächsten Querstrasse die Treppe eines Gemüsekellers hinabstieg, ich zögerte eine Weile und ging ihm auch dorthin nach. Der Krämer hatte die Papiere auf der Wage liegen und auf den ersten Blick erkannte ich Pannemann's Handschrift.

»Knapp vier Pfund«, sagte er eben, »na, et sind scheene jrosse Bogen, hier haste drei Nickel, Ludeken.« Damit warf er das Geld auf den Tisch, der Junge nahm es vergnügt und rannte die Treppe hinauf. Ich habe später in Erfahrung gebracht, dass er diesen Erlös aus dem literarischen Nachlass seines Vaters in Cigarren und Murmeln angelegt und den Rest in Benno von Donat'schen Eisbonbons verprasst hat.

Ich hatte mich unterdess durch einen schnellen Ueberblick überzeugt, dass die wirklichen Memoiren vor mir lagen, und versuchte auf diplomatische Weise das Manuskript in meinen Besitz zu bringen. Ich wolle einen grossen Drachen für meinen Jungen bauen, sagte ich, und die schönen festen Schreibpapierbogen schienen mir wohl geeignet für meinen Zweck. Allein, meine Gier auf den Erwerb dieser Blätter musste doch wohl zu sehr durchgeblickt haben, denn der Mann machte unverschämte Forderungen. Wir handelten wohl eine Viertelstunde lang, doch als ich zuletzt einen neuen Käufer die Treppe hinabkommen hörte, griff ich schnell zu, und für 2 Mark 80 Pf. gingen die werthvollen Blätter in meinen Besitz über. Der Grünkrämer rief mir mit einer gewissen Ironie nach: »Na, wenn Sie mal wieder was brauchen!« allein, er wusste nicht, dass ich gern 4, ja 5 Mark für dieses Manuskript gegeben hätte, wäre es nicht anders zu erlangen gewesen. Zwar wurde ich bei der Durchsicht etwas enttäuscht, denn ich hatte Aufklärungen erwartet über gewisse kommunale Angelegenheiten, in denen der Verewigte eine Rolle gespielt hatte, ich hatte nähere Nachrichten erwartet über das Verhältniss zu seinem Onkel, dem bekannten Neumann, der die sieben

Häuser und keine Schlafstelle hatte, auch glaubte ich aus diesem Manuskript Näheres zu erfahren über gewisse mystische Vorgänge in dem Kegelklub »Sandhase«, die vor Jahren so viel Staub aufwirbelten, allein von allen diesen Dingen war in den Memoiren nichts zu finden. Auch über seine unglückliche Liebe zu seiner Kusine, Karoline Piefke, die später einen reichen Bierbrauer mit sieben Kindern heirathete und dann bald, theils an gebrochenem Herzen, theils an der Wassersucht starb, fand sich keine Zeile. Das Manuskript enthielt nur Nachrichten über die Jugendzeit des Verewigten bis etwa zum zwanzigsten Jahre, dann hatte der leider so unerbittliche Tod dem Schreiber die Feder aus der Hand genommen. Ausserdem fehlen einundzwanzig Blätter am Anfange der Memoiren, die wie aus späterer Bezugnahme hervorgeht, von den Pannemann'schen Ahnen und von bemerkenswerthen Ereignissen vor und während seiner Geburt gehandelt haben. Durch meine Nachforschungen ist festgestellt, dass diese Blätter gelegentlich von Frau Pannemann in der Wirthschaft verbraucht worden sind; zu welchen Zwecken konnte ich nicht mehr in Erfahrung bringen.

Möge es mir nun vergönnt sein, ein besonders anziehendes Stück aus den Memoiren meines verstorbenen Freundes Pannemann hier zum Abdruck zu bringen, und ich hoffe, dass den geschätzten Leser in Folge dieser Probe schon nach mehr gelüsten wird.

Die rothe Mieze.

Als ich die rothe Mieze kennen lernte, waren wir beide vierzehn Jahre alt. Man hatte ihr diesen Namen gegeben wegen ihrer Haare, die so roth waren, als seien sie mit dem Blute der Pferde gefärbt, die ihr Vater schlachtete. Ich lernte sie bald sehr schätzen, denn Pferde-Knackwurst war mein Leibgericht, und sie hatte immer einige für mich in der Tasche. In den Gebäuden, die den Hof des Schlachthauses umgaben, waren viele einsame und verschwiegene Winkel, wo man diese guten Dinge ungestört verzehren und sich allerlei erzählen konnte.

Die rothe Mieze war sehr dünn und schlank gewachsen, weshalb sie auch den zweiten Beinamen »die lange Latte« führte; ihre Stimme war etwas rauh und verschleiert, und in meinen späteren Jahren wurde ich immer an sie erinnert, wenn ich die dicke Hulda, deren fünfundzwanzigjähriges Biermamsellen-Jubiläum ich noch mit gefeiert habe, reden hörte. Aber die Stimme der rothen Mieze hatte immer was seltsam Ergreifendes für mich, besonders wenn sie sang. Sie wusste eine grosse Menge der schönsten Volkslieder auswendig, z. B.: »Friederika, Friederika, komm' mit mir in's Gras«, oder »Von Hamburg geht's nach Ritzebüttel«, oder »Ich bin der kleine Postillion«. Besonders aber rührte es mich, wenn sie das schöne Lied sang:

> »Röschen hatte einen Piepmatz
> In dem kleinen Vogelhaus . . . .«[1]

Ach, wir hatten ein so inniges Mitleid mit dem armen Röschen, weil ihr der kleine Vogel weggeflogen war und nicht wieder kommen wollte, und als die rothe Mieze eines Tages einmal so recht ergreifend schloss:

> »Lieber Vogel komm doch wieder!
> Doch der Vogel kam nicht mehr.«

Da fielen wir uns um den Hals und schluchzten und weinten wohl eine Stunde lang, dass unsere Thränen vereint wie ein Bächlein aus zwei Quellen auf die Erde flossen, und wir uns nachher einen anderen Platz suchen mussten, weil wir sonst nasse Füsse bekommen hätten.

Die rothe Mieze wusste auch schöne schauerliche Geschichten zu erzählen, denn in dem Hause ihres Vaters gab es allerlei Spuk. Besonders in finstern Winternächten schlichen die Geister der geschlachteten Droschkenpferde um das Haus herum, und waren diese Thiere im Leben schon von kümmerlicher Figur gewesen, so sahen ihre Gespenster nun gar erbarmungswürdig elend aus. Sie blickten mit mattglühenden Augen aus finstern Höhlen hervor und standen oft lange an eine Wand gelehnt, um sich zu erholen. Sie schnoben hungrig durch die Ritzen der Fensterladen und knabberten kraftlos an den Thürklinken, und ihre Zungen hingen ihnen vor Mattigkeit lang aus dem Maule. Sie waren nur zu verscheuchen, wenn man ihnen mit dem grossen Schlachtmesser drohte. Dann

---

[1] Dieses Lied muss demnach viel älter sein, als man gewöhnlich annimmt. Anm. d. Herausgeb.

lösten sie sich langsam in einen traurigen grauen Nebel auf und kräuselten sich matt um die Ecke.

Am liebsten aber hörte ich folgende Geschichte, die die rothe Mieze mir, wer weiss wie oft, erzählen musste. Als sie etwa acht Jahre alt war, wurden grosse Vorbereitungen zu einem Feste im Hause gemacht, obwohl sonst der Vater keine Gesellschaft bei sich sah, sondern es vorzog, mit seinen Freunden in der Weissbierstube von Kuleke zu verkehren. Es ward ein köstliches Festmahl, bestehend aus Nudelsuppe, Erbsen, Sauerkohl und Eisbein, und einer geschmorten Füllenkeule mit Brühkartoffeln zubereitet und für reichliche Vorräthe von Weissbier, Gilka, »Luft« und altem Korn Sorge getragen. Um die Mittagsstunde kam dann eine Anzahl von behäbigen Männern mit rothen Gesichtern auf Schlächterwagen vorgefahren; es waren die sämmtlichen Pferdeschlächter von Berlin, und es war bemerkenswerth zu sehen, wie so lebensmüde und dürftige Schlachtopfer, gleich den ihren, diese Männer doch augenscheinlich sehr wohl zu ernähren vermochten.

Sie setzten sich behäbig zu Tische, sprachen nicht viel, aber assen und tranken sehr tapfer und nach Tisch verschwanden sie in ungeheuren Wolken von Tabaksrauch, indess weise Gespräche und erfrischende Getränke ihnen die Zeit gar lieblich kürzten. Dies dauerte bis um die Zeit der Dämmerung. Dann ward die rothe Mieze von ihrem Vater in ein Nebenzimmer geschickt und eingeschlossen. Sie hörte nun, wie die Männer sich alle bedächtig auf den Hof hinausbegaben, und voller Neugier spähte sie so lange, bis sie in dem geschlossenen Fensterladen einen Ritz fand, der ihr gestattete hinauszublicken. Ein Schauer überlief sie, als sie bemerkte, was dort geschah. Einer der Männer grub unter dem alten Hollunderbaum mit grosser Emsigkeit ein Grab. Dann brachte der Vater feierlich einen schmalen und länglichen Kasten, mit schwarzem Bande umwunden und wie ein kleiner Sarg anzusehen. Diesen that er in die Grube, und nun ward diese eilfertig wieder geschlossen. Sodann bildeten die Männer einen Kreis um diesen Ort, zogen sämmtlich ihre langen Schlachtmesser hervor und schärften sie taktmässig mit dem vierkantigen Stahl, den jeder Schlächter an einem langen Riemen an seiner Seite trägt. Dann spiessten sie die Messer in einen Kreis um das Grab, ergriffen eine bereitstehende Weisse und hielten einen feierlichen Umtrunk. Der letzte goss den Rest auf das Grab. Ein

Jeder zog sein Messer nun wieder hervor, und diese vor sich hertragend, kehrten sie in feierlichem Zuge in das Haus zurück, wobei sie sangen:

>>Ruhe sanft, und nicht gemuckt!
Blut hast Du genug geschluckt!«

Die rothe Mieze hatte lange nicht gewagt, Jemanden um diese seltsame Zeremonie zu befragen, bis sie endlich die alte Grossmutter darum anging. Diese erklärte ihr, dass dort das Schlachtmesser begraben liege, mit dem der Vater 1000 Pferde geschlachtet habe. Messer, die so viel Blut getrunken haben, werden gefährlich, weil die Gewohnheit des Mordens eine wilde Blutgier in ihnen erzeugt, so dass sie den Leuten die sich ihrer bedienen, selbstständig in die Arme oder Beine fahren. Dieses Messer hat in der letzten Zeit sich an seinem Nagel an der Wand stets unruhig bewegt, wenn draussen ein Droschkenpferd vorbeikam, ja die alte Grossmutter wollte einmal bei solcher Gelegenheit ein leises blutgieriges Wiehern von ihm gehört haben. Das Letzte erscheint mir aber unwahrscheinlich, denn die gute Frau war stocktaub.

Das war die Geschichte von dem begrabenen Schlachtmesser, und ich sehe die rothe Mieze noch immer vor mir, wie sie diese Geschichte erzählte. Sie machte dabei ihre grünen Augen so gross wie Ostereier und ihre Stimme klang noch weit heiserer als gewöhnlich und so rauh wie ein erkältetes Reibeisen.

Später, als ich in die Buchbinderlehre kam, wo ich Gelegenheit fand, mir meine hervorragende Bildung anzueignen, habe ich die rothe Mieze aus den Augen verloren. Nachher erfuhr ich, dass sie aus angeborener Liebe zur Musik einen Orgeldreher geheirathet hat, mit dem sie das deutsche Reich und die umliegenden Länder zum Zweck der Ausübung ihrer Gesangskunst bereist.

Etwas über Kunst.

Zur Einleitung.

Das Interesse für die Kunst ist wieder in den Vordergrund gerückt, und es ist am Ende wohl an der Zeit, darüber Einiges zu sagen, denn dem Verfasser dieser Zeilen scheint es, als ob eine kurzgefasste Uebersicht für diesen Gegenstand noththäte. Dickleibige Bücher über Kunst besitzen wir genug, aber kann man vom Laien verlangen, dass er sie durchliest, während die Freunde auf der Kegelbahn oder am Skattisch auf ihn warten ? Und gerade das Verhältniss des Laien zur Kunst soll in diesen Zeilen erörtert werden, und zwar des gebildeten Laien, der es für seine Pflicht erachtet, alles das zu besehen, davon in den Zeitungen so viel geschrieben wird, und der die Hauptvertreter der Malerei, wie zum Beispiel Apelles, Rafael, Dürer, Murillo und Edvard Munch, an den Fingern herzählen kann. Es soll in diesen Blättern nur von der Malerei und Plastik die Rede sein, da die Architektur zu weit auf dem Erdboden herum vertheilt ist und auch aus demjenigen Grunde für gewöhnlich nicht in ein Museum gesetzt werden kann, weil sie zu gross und zu schwer transportabel ist. So schreiten wir denn zunächst dazu, uns über die Eintheilung der Kunst Klarheit zu verschaffen.

Eintheilung der Kunst.

Man theilt die Kunst ein in alte und neue, sowie die Künstler in todte und lebendige. In diesen Blättern soll nur von der alten Kunst und den todten Künstlern die Rede sein, weil es viel gebildeter ist, diese zu kennen als die neue und die lebendigen.

Die alte Kunst wird nach den Völkern unterschieden, die sie ausgeübt haben, z. B. indische, assyrische, ägyptische, griechische, römische, italienische und lippe-detmoldische Kunst etc. Indem wir die beiden zuerst genannten bei Seite lassen, wenden wir uns zunächst zur

ägyptischen Kunst.

Was nun zuerst die ägyptische Malerei betrifft, so ging sie an dem Bestreben zu Grunde, den Menschen zugleich im Profil und in der

Vorderansicht darzustellen, ein Problem, das auf die Dauer nicht zu lösen ist.

Dies macht zugleich das sicherste Kennzeichen der ägyptischen Malerei aus, und wo man also auf Bildern Figuren begegnet, die in Frontstellung, Brust heraus, Bauch herein, den Kopf im Profil zeigen und zugleich nach der entgegengesetzten Richtung scharf seitwärts marschiren, darf man versichert sein, dass man Aegyptisches vor sich hat.

Die Bildhauer dieses Landes machten sich die Sache insofern sehr bequem, als sie fast alle ihre Statuen sitzen liessen, die Hände auf den Knieen liegend und die Augen auf den Horizont gerichtet. Im neuen Museum zu Berlin sieht man in der ägyptischen Abtheilung sehr schöne Beispiele dieser Kunst, auch sind dort verschiedene eingepökelte und recht gut erhaltene Künstler dieses Landes vorhanden, einige noch in der Originalverpackung. Sie gehören zu der Klasse der sehr todten, und zu den ältesten Conserven der Welt, weil sie schon vor über 3000 Jahren eingemacht wurden. Sie bieten den grossen Vortheil dar, dass ihre Namen verloren gegangen sind, und sie deshalb nicht auswendig gelernt zu werden brauchen.

Die griechische und römische Kunst.

Die griechische Malerei ist für den Laien von hervorragender Annehmlichkeit, denn sie hat die Eigenschaft, zu Grunde gegangen zu sein und kann deshalb nicht besehen werden, ein Umstand, der dem Museums-Besucher viele kostbare Zeit erspart. Wir besitzen von diesen Bildern nur überschwengliche Nachrichten von alten griechischen Professoren der Kunstgeschichte, z. B. von Pausanias, zu dessen Ehren noch heute die jungen Leute auf technischen Bureaus, die die Pausen anfertigen, Pausaniasse genannt werden.

Von der römischen Malerei liesse sich dasselbe sagen, wenn nicht in Herkulanum und Pompeji das Unglück geschehen wäre. Da aber diese Gemälde auf Wänden und Mauern festsitzen und schwer zu transportiren sind, so muss schon der Kunstfreund, der es nicht lassen kann, derenwegen nach Neapel reisen, während der hiesige harmlose Museums-Besucher darum hinwegkommt und seinen Bildungsdrang unbefriedigt lassen darf.

Die griechischen und römischen Bildhauerarbeiten waren dagegen aus dem so widerstandsfähigen Marmor angefertigt und sind, insofern sie nicht zu nützlichem Mauerkalk gebrannt worden sind, in so grosser Menge erhalten worden, dass alle Museen der Welt damit in reichlicher Weise versorgt werden konnten. Zwar sind sie alle mehr oder weniger entzwei gegangen, jedoch thut dies ihrem Kunstwerthe nicht den geringsten Abbruch, sondern im Gegentheil: je weniger Glieder diese Marmorpuppen besitzen, desto berühmter sind sie oft. Dies hat schon oft moderne italienische Künstler, die ihre schönen, heilen und ganz neuen Statuen nicht verkaufen konnten, veranlasst, ihnen die Nase, einen Arm und sonstige Kleinigkeiten abzuklopfen und sie eine Weile einzugraben. Wenn sie dann wie zufällig wieder in ihrem Versteck aufgefunden wurden, konnte man sie an reiche Engländer für ungeheure Preise verkaufen.

Den Kunsthistorikern gewährt es einen höchst angenehmen Sport, bei einer Statue ohne Arme nachzuweisen, was sie wohl in der Hand getragen hat, einen Spiegel, eine Vase, eine Weintraube oder eine antike Knackwurst. Sie ziehen aus diesen fehlenden Gliedern ihre kümmerliche Nahrung, indem sie dicke Schriften darüber veröffentlichen, und gewinnen grossen Ruhm, denn obwohl das Räthsel- und Rösselsprünge-Rathen sonst im Allgemeinen als eine Beschäftigung für Weiber, Kinder und Müssiggänger erachtet wird, so gilt es doch unter diesen Umständen für etwas ganz Hohes, und wenn die Lösung besonders gelungen erscheint, nennt man dies eine wissenschaftliche That. Ist von einer antiken Bildsäule alles ab, Arme, Beine und Kopf, und was sonst noch an Kleinigkeiten fehlen kann, so heisst sie *Torso*, und es werden ganz besonders dicke Bücher darüber geschrieben. Es ist dann nicht mehr als natürlich, dass in jedem dieser Bücher eine andere Meinung über das ramponirte Kunstwerk entwickelt wird, und da die Verfasser in diesen Dingen etwas heissblütig zu sein pflegen, so kommt es vor, dass sie sich gegenseitig Ochsen und Idioten tituliren. Es darf dann aber auch nicht geleugnet werden, dass es schlechte Menschen gibt, die der Anschauung fröhnen, dass die Herren Verfasser in diesem letzten Punkte gegenseitig Recht haben. Jedoch strafen wir solche stumpfsinnigen Verächter der Wissenschaft mit Verachtung.

Die plastische Kunst der alten Griechen und Römer ist demnach für den Laien sehr schwierig zu besehen, denn es kann sich ereignen, dass Dinge, die ihm recht abscheulich und eklich vorkommen, als Wunderwerke ohne Gleichen angeschaut werden müssen, während, wenn ihm mal etwas recht ausnehmend gefällt, ihm mit verächtlicher Miene die Mittheilung gemacht wird, dies sei eine höchst faule Sache aus der tiefsten Verfallzeit. Er thut darum gut, die Nase in den Katalog oder in das Reisehandbuch zu stecken, und wird dort schon verzeichnet finden, wo er den Quell seiner Begeisterung sprudeln lassen darf, ohne befürchten zu müssen, dass seine Bildung und sein Kunstverständniss in Zweifel gezogen werden.

Die alte Malerei.

Diese ist für den Laien von der allergrössten Wichtigkeit, denn sie bildet den Hauptinhalt der Bildergallerien, muss unbedingt besehen werden, und es gehört durchaus zur Bildung, sie zu kennen, eventuell schön zu finden. Besonders die Italiener und Holländer haben ungemein viele Quadratmeter Kunst hinterlassen, und dass gerade auch Holland so viel geleistet hat, erklärt sich aus dem Umstände, dass die Kunst von jeher am besten in den zipfeligen Ländern gediehen ist. Indien, Griechenland, Kleinasien, Italien und Holland sprechen für die Thatsache; nur für Aegypten scheint dies im ersten Augenblick nicht zu stimmen. Aber bedenkt man, dass dieses Land an dem Nil entlang sich zipfelförmig in die Wüste hinein erstreckt, so wird Niemand gegen diese Zipfeltheorie etwas einwenden können.

Bei der italienischen Malerei wird es zunächst auffallen, eine wie grosse Menge von Heiligen die Künstler angefertigt haben, und man thut wohl, die Leitmotive dieser Heiligen auswendig zu lernen. Denn da sie alle todtgemartert wurden, so hat jeder als äusseres Kennzeichen das Instrument bei sich, mit dem man ihn erfolgreich zu Tode gequält hat, ein Rad, eine Säge, einige Zangen oder sonstige geeignete Gegenstände. Dies sich zu merken, erfordert wenig Arbeit, und man wird grosses Vergnügen daran haben. Wie nett ist es nicht, gleich zu wissen, dass ein schöner junger Mann, der stets gespickt und nie gebraten wird, den heiligen Sebastian, dagegen ein anderer ebenfalls sehr wohlgewachsener Mann, der nie gespickt aber stets gebraten wird, den heiligen Laurentius vorstellt.

Eine junge Dame, die sehr wenig an hat, in einer angenehmen Gegend höchst comfortable im Grase liegt und in einem Buche liest, ist eine büssende Magdalena; hat diese junge Dame aber gar nichts an und liegt auf einem Lager oder besieht sich in einem Spiegel, oder sonst dergleichen, so ist es sicher eine Venus und meist recht angenehm zu besehen.

Alle solche alten Bilder, wenn sie von einem Maler herrühren, der den amtlichen Stempel hat, sind sehr werthvoll und Kunstschätze, sie mögen sonst sein, wie sie wollen. Man thut deshalb sehr gut, sich nach dem Preise zu erkundigen, wenn man einen berühmten Bilde auf keine andere Weise beikommen kann, und wird dann sicher einige Achtung gewinnen vor der Gewalt der Kunst, die dieser alten verräucherten Waare einen so hohen Werth verlieh. Denn wie geräuchertes Fleisch immer mehr kostet als frisches, so sind solche alten Bilderkonserven immer unendlich viel werthvoller als die besten neuen, wenn diese auch mit den theuersten Farben von gelernten Malern angefertigt sind. Unsere Museumsverwaltungen scheuen darum auch kein Geld, solche alten Bilder zu erwerben, und dafür sollten die Laien ihnen danken, anstatt, wie es oftmals geschieht, auf der Bierbank darüber zu raisonniren und zu wünschen, dass für das viele Geld die Bilder lebender Künstler gekauft würden. Aber diese guten Leute wissen nicht, was sie thun, und wie weise die Museumsverwaltung für ihr Wohl besorgt ist. Wenn diese nämlich einen zweifelhaften Rubens und einen verzweifelten Rembrandt für je 200 000 Mark erwirbt, so hätten allerdings für dasselbe Geld 400 sehr nette Bilder von lebenden Malern, à Stück tausend Mark, angekauft werden können. Aber welche fürchterliche Masse mehr hätte dann der unglückliche Laie zu besehen bekommen, und wie glatt und nett geht es jetzt für ihn ab. Er wandert durch's Museum, sagt einmal: »Hm, hm«, und einmal »Na, na«, und fertig ist er mit den 400 000 Mark.

———

Neue Wunder der Technik.

1. Der Sprengstoff Krakataua.

Bei Moltke liess sich ein junger Mann anmelden, und da ihm gewichtige Empfehlungen zur Seite standen, wurde er zu einer geheimen Besprechung vorgelassen.

Er zog eine kleine Schachtel aus der Westentasche, legte sie auf den Tisch und sprach:

»Der Inhalt dieser Schachtel genügt vollständig das Generalstabsgebäude, das Krollsche Etablissement, die Siegessäule und noch einige Kleinigkeiten in die Luft zu sprengen.« Moltke schwieg.

Der junge Mann öffnete die Schachtel; sie enthielt kleine runde Pillen. Er nahm eines dieser Kügelchen zwischen Daumen und Zeigefinger und sprach:

»Eine einzige solcher Pillen zersprengt jeden Eisenbahn-Fahrdamm. Legt man auf die grösste Kanone einen dieser kleinen Körper und entzündet ihn, so bleibt von dem Geschütz nichts als Staub übrig; ein Torpedo, nur in der Grosse einer Apfelsine, mit diesem Sprengstoff gefüllt, verwandelt das mächtigste Panzerschiff in Sägemehl und Eisenfeilspäne.

.«Hm!« sagte Moltke nach einer Pause. Soviel hatte er seit Wochen nicht geredet. Der junge Mann war befriedigt.

»Excellenz gestatten mir also eine Probevorführung meines Sprengstoffes?« sagte er, »am 2. Juli, Morgens 10 Uhr, auf dem Tempelhofer Felde im Beisein aller Autoritäten des Sprengfaches?«

Moltke nickte, nahm zugleich zum Zeichen, dass die Audienz beendet, ein Aktenstück zur Hand und vertiefte sich in den nächsten Krieg mit . . . . . Doch halt, die Sache ist sekret.

Am Morgen des 2. Juli war das Tempelhofer Feld durch das Eisenbahnregiment vollständig abgesperrt. In der Mitte dieses ungeheuren Vierecks sah man einige Gegenstände aufgestellt, eine gewaltige alte gusseiserne Kanone, einen Ambos, einen Stapel alter ausrangirter Eisenbahnschienen und dergleichen gewichtige Dinge mehr. In dreihundert Schritt Entfernung von diesem Ort war eine

Schanze aufgeworfen, die Sr. Excellenz dem Feldmarschall Grafen Moltke, einigen Mitgliedern des Generalstabes und verschiedenen eingeladenen Gästen zum Schutz diente.

Man bemerkte u. A. Krupp aus Essen, Gruson aus Magdeburg, Werner Siemens aus Berlin, den Direktor des »Vulkan« aus Stettin, und einige andere industrielle Grössen. Die Versuche verliefen ungemein günstig. Die alte Kanone wurde von einer einzigen Pille zu Staub zerpulvert, durch eine zweite verschwand der Ambos spurlos. Es galt nun zu zeigen, dass auch lose geschichtete Gegenstände mit Luftzwischenräumen, wie z. B. der Stapel aus 480 alten Eisenbahnschienen, ebenso leicht vernichtet werden könnten. Sechs Pillen sollten dazu genügen.

Der junge Mann war soeben beschäftigt, diese zweckmässig zu vertheilen und mit der elektrischen Leitung in Verbindung zu setzen, als durch einen Zufall, der wohl ewig unaufgeklärt bleiben wird, sein ganzer Pillenvorrath sich entzündete. Er mochte an diesem Tage wohl ein halbes Liter davon bei sich tragen. Die Wirkung war furchtbar; die Erderschütterung spürte man bis Potsdam und den Knall will man in Brandenburg a. d. H. gehört haben. Das ganze Eisenbahnregiment, die Mitglieder des Generalstabes und die industriellen Grössen fielen auf den Rücken. Moltke blieb zwar stehen, aber er schüttelte doch ein wenig mit dem Kopfe und sagte: »Na, na!«

Vom Orte der Explosion erhob sich eine Säule von Sand und Staub, deren Höhe man auf 10 deutsche Meilen schätzte. Ein wochenlang nachher auftretendes Morgen- und Abendglühen wurde von den Astronomen auf diese Ursache zurückgeführt. An der Stelle der Versuche war ein kraterförmiger See entstanden von 37,5 m Tiefe. Von dem unglücklichen Erfinder war natürlich jede Spur verschwunden. Nur auf dem Rathhausthurm fand man kurz nach der Explosion einen blutigen Manschettenknopf, der vermuthlich von ihm herrührte; denn es steht fest, dass man solche Knöpfe bei ihm gesehen hat.

Das Geheimniss dieses Sprengstoffes ist mit seinem Erfinder verloren gegangen, denn in seinem Nachlass fand man ausser einem Pfandschein und einer unbezahlten Schneiderrechnung keinerlei Papiere von Wichtigkeit.

2. Künstliche Weichenzucht.

Die Eisenbahnweichen setzen sich bekanntlich zusammen aus dem Weichenbock und der eigentlichen Weiche. Dass diese das Weibchen, jener das Männchen vorstellt, liegt auf der Hand, und ebenso naheliegend ist es, dass seit längerer Zeit intelligente Ingenieure dahinter her sind, eine Züchtung zwischen diesen beiden zu Stande zu bringen, um die theure Fabrikation dieser so wichtigen Theile des Eisenbahn-Oberbaues zu vermeiden. Der Ingenieur Hannepampel aus Lüneburg besonders verfolgte diesen Plan mit Feuereifer und liess sich durch den Umstand nicht abschrecken, an dem alle seine Vorgänger scheiterten. Es war ihnen nämlich niemals gelungen, den Weichenbock zum Balzen zu bringen. Das grösste Hinderniss für den Ingenieur Hannepampel war aber der Mangel an Geldmitteln, jedoch als er plötzlich durch eine Erbschaft ein Kapital in die Hände bekam, beschloss er alles zu opfern, um diesen seinen Lieblingsplan zur Ausführung zu bringen. Er erwarb ein Stück Land in der Lüneburger Haide, ein solches, auf dem wegen der harten eisenhaltigen Sandschicht des sogenannten Ortsteines, wie bekannt, jeder Baumwuchs unmöglich ist, und richtete mit grossen Kosten dort ein Weichengestüt ein. Mit dem Ortsteine hatte er, wie man sehen wird, seine besonderen Absichten. Nach jahrelangen Versuchen, und als sein Kapital fast aufgebraucht war, fand er endlich den Lohn seiner Mühe. Einer Einladung dieses genialen Mannes folgend, habe ich mir kürzlich dies bewunderungswürdige Weichengestüt angesehen. Ich sah dort eine grosse Anzahl alter Mutter-Weichen ihre zahlreichen Jungen auf die Weide führen. Es machte einen eigenthümlichen Eindruck zu sehen, wie sich diese flachen Geschöpfe langsam über die Haide schoben und mit unablässigem Knirschen den eisenhaltigen Ortstein abweideten, der sich als ein höchst gedeihliches Futter für sie herausgestellt hat. Ich sah auch bereits ausgewachsene, schlachtreife Weichen und Weichenböcke, und solche, die bereits zum Verkauf gestellt waren. Nach dem Schlachten verlieren sie nämlich die knorpelige Weichheit ihrer Theile, erstarren allmählich und sind nach vierzehn Tagen für Eisenbahnzwecke gebrauchsfähig. Ich konnte nicht umhin dem Ingenieur Hannepampel meine Hochachtung auszusprechen und ihm Glück zu wünschen zu der Ausdauer und Geisteskraft, die ihn dies so schwierige Ziel erreichen liessen.

Zugleich kommt aus Amerika die aufregende Nachricht, dass es dem Ingenieur Foolish nach unendlicher Mühe und jahrelangen Versuchen geglückt ist, eine Züchtung zwischen Lokomotive und Tender zu erreichen. Die Lokomotive sitzt jetzt auf zwei Eiern, die einen Umfang haben wie Thurmknöpfe und blank sind wie polirter Stahl. Man hofft, dass ein Pärchen auskommen wird. Die Lokomotive ist sehr böse und lässt ausser Herrn Foolish nur den Wärter, der sie mit Wasser und Kohlen versorgt, zu sich heran. Naht sich irgend jemand anders, so faucht sie entsetzlich und bläst unter furchtbarem Geräusch Dampf ab. Lässt sich der Nahende dadurch nicht abschrecken, schickt sie sich an unter wüthendem Pfeifen auf ihn loszustürzen. Welch wunderbare Resultate menschlicher Ausdauer und Erfindungsgabe!

3. Die eiserne Kuh.

Dem Chemiker und Ingenieur *August Semmelkorn* ist es nach jahrelanger Arbeit und nach tausendfältigen Versuchen geglückt, die köstlichste Milch mit Umgehung der Kuh direkt aus Gras und Heu zu produziren. Er hat mit bewunderungswürdigem Scharfsinn eine Maschine konstruirt, die die Thätigkeiten der Kuh, das Käuen und Wiederkäuen, sowie die Arbeit der vier Mägen auf das Genaueste nachahmt. Das Innere dieses Mechanismus wird durch eine Dampfheizung in der Temperatur der Blutwärme erhalten und geeignete chemische Flüssigkeit in den richtigen Augenblicken zugeführt. Wir waren in der glücklichen Lage, bereits eine solche Maschine arbeiten zu sehen. Es ist eine der kleinen Sorten, die nur mit zwanzig Kuhkraft arbeitet, d. h. so viel Milch producirt, wie zwanzig Kühe. Ein Mann zur Bedienung genügt. Es gewährt einen sonderbaren Anblick, wenn dieser Mann an der einen Seite den Futtertrichter mit Gras füllt, während an der anderen aus einem gebogenen Rohr fortwährend ein Strahl der allerköstlichsten Milch fliesst, und aus einer zweiten Oeffnung am entgegengesetzten Ende der herrlichste Kuhdung, diese Seele der Landwirthschaft, unablässig hervorquillt. Der Erfinder ist augenblicklich mit der Construction einer grossen Maschine von tausend Kuhkraft beschäftigt, die sämmtliche milchwirthschaftlichen Thätigkeiten in sich vereinigen wird. Am hintern Ende befinden sich vier Hähne. Aus dem einen fliesst Vollmilch, aus dem zweiten Sahne, aus dem dritten Magermilch, aus dem vierten Buttermilch. Aus einer Seitenöffnung taucht ein Pfund Butter nach dem andern hervor, während aus einer anderen unablässig Berliner Kuhkäse abgesondert wird. Es hat sich bereits eine Aktiengesellschaft mit einem Kapital von drei Millionen Mark gebildet und bei Osdorf Terrain zum Bau einer grossen Milchfabrik gekauft, um die ungeheure Grasproduction der Rieselfelder auszunutzen. Nicht lange mehr, und die Wagen der Gesellschaft werden die Stadt durchklingeln, und bald wird Rieselmilch, Rieselbutter und Rieselkäse den Berliner Haushaltungen unentbehrlich sein.

4. Das Sicherheitsstreichholz.

Eine Erfindung von grosser Einfachheit und doch so unendlich wichtig. Das Sicherheitsstreichholz zeichnet sich nämlich dadurch vor allen anderen Fabrikaten aus, dass es durch keine Macht der Welt zum Brennen zu bringen ist. Selbst dem Knallgasgebläse und der Hitze des elektrischen Bogenlichtes widersteht es erfolgreich. Der Erfinder packte vor Zeugen hundert Schachteln seines unübertrefflichen Fabrikats des Morgens sechs Uhr in eine Dampfkesselfeuerung. Als sie des Abends sieben Uhr herausgenommen wurden, fand man, das sämmtliche Schachteln unversehrt waren. Weder Stoss, Schlag, Reibung, Bitten, Zureden, Versprechen – nichts, gar nichts vermag diese Streichhölzer zum Brennen zu bewegen. Welche unendliche Beruhigung gewähren diese Streichhölzer den Leuten, die sich ihrer bedienen, wenn sie genöthigt sind, ihre Kinder einmal allein zu Hause zu lassen. Auch wird behauptet, dass Feuerversicherungs-Gesellschaften, sofern der alleinige Gebrauch dieser Sicherheitsstreichhölzer garantirt wird, geneigt sind, eine bedeutende Ermässigung der Prämie zu gewähren.

Welch ein erhabenes Gefühl, in einer Zeit zu leben, die keinen Tag vergehen lässt, ohne eine neue Erfindung, die zum Heile und Wohle der Menschheit, und zur Sicherung der Gesundheit und des Lebens einen schätzenswerthen Beitrag liefert.

5. Maschine zum Altmachen gefälschter Banknoten.

Diese Maschine wurde gefunden bei Aufhebung einer sehr gefährlichen Falschmünzerbande, die lange unentdeckt ihrer gemein-

schädlichen Thätigkeit obgelegen hatte. Es war schon oft in Falsch-
münzerkreisen der Uebelstand empfunden worden, der darin begründet liegt, dass selbst der harmloseste Bürger einer funkelnagel-
neuen Banknote immer einiges Misstrauen entgegenbringt, während er, wenn sie ihm als ein vielgereister, schmutziger, beklexter,
mit Briefmarkenpapier geflickter Lappen begegnet, stets geneigt ist,
sie ohne Weiteres für echt zu halten. Ein ingenieuses Falschmünzer-
talent baute darauf seinen Plan und konstruirte diese Maschine. Sie
sieht gerade aus wie eine kleine Drehorgel. In einen Spalt wird eine
neue Banknote nach der anderen geschoben, während man mit der
anderen Hand die Kurbel dreht. Zunächst gelangt die Note in den
»Schmutzigefingerbetastraum«, woselbst eine Anzahl von Gummi-
fingern, die künstlich schmutzig erhalten werden, sie in Arbeit
nehmen. Daran schliesst sich der »Falt- und Knautschraum«,
woselbst jede Banknote einige hundert Mal auf sehr sinnreiche Weise hin und her gefaltet und ebenso oft in enge Behälter gleich Wes-
tentaschen und Portemonnaiefächern gestopft und wieder hervor-
gezerrt wird. Die Banknoten, die dabei Brüche oder Risse erleiden,
werden mit unsauberem Briefmarkenpapier geflickt und sind dann
für den Verbrauch fertig. Sie sehen dann so richtig aus, als wären
sie schon jahrelang unbeanstandet von einer Hand in die andere
gegangen und sind so vertrauenerweckend mit Schmutz bedeckt,
dass Niemand an ihrer Echtheit zweifelt.

6. Die elektrische Windel.

Diese ebenso einfache als geniale Erfindung verdanken wir dem
Ingenieur Sternbein in Wiesbaden. An die Wiege oder den Wagen
wird ein Kasten angehängt, der eine kleine galvanische Batterie und
einen elektrischen Klingelapparat enthält. Von ihm aus laufen Dräh-
te, die an beiden Seiten mit der Windel in Verbindung gesetzt werden können. Von diesen Stellen der Windel aus gehen feine einge-
webte Platindrähte in sie hinein, die aber nicht ganz durchlaufen,
sondern in der Mitte durch einen freien Raum von einander ge-
trennt sind. Hier ist also die elektrische Leitung unterbrochen, da
Wolle nicht leitet. Wird nun aus Ursachen, die hier nicht weiter
erörtert werden sollen, dieser mittlere Raum, der sich gerade an der
am meisten exponierten Stelle befindet, mit Flüssigkeit durchtränkt,
so wird dadurch plötzlich die Leitung hergestellt und das Läute-

werk in Thätigkeit gesetzt, und dies hört nicht eher auf, mit schrillem Tone Hilfe herbeizurufen, als bis die Mutter, die Amme, oder das Kindermädchen herbeigeeilt sind, um die Anordnungen zu treffen, die im Interesse des Behagens und der Reinlichkeit des Kindes sich als nothwendig herausstellen.

7. Die künstliche Amme.

Schon lange ist auf dem Gebiete der Hühner-Aufziehung die künstliche Glucke bekannt, und dies brachte den Sanitätsrath Dr. *Zippelmann* in Berlin auf den Gedanken, für die Aufzucht des Menschen etwas Aehnliches zu erfinden. Fortgesetzte Versuche und rastlose Arbeit führten endlich zur Konstruction der künstlichen Amme, die aus Gummi, Glas und Porzellan hergestellt, mit Milchstandsmesser und einer überaus sinnreichen Petroleumheizung versehen, seit einiger Zeit von der Firma *Ziegenpeter* & Co. in Berlin mit Glück in den Handel gebracht wird. Diese Ammen sind in verschiedenen Sorten zu haben, sowohl einfach in Kattun, als auch in allen gewünschten Landestrachten, und da ihr Körper nach den schönsten Vorbildern des klassischen Alterthums geformt ist, bilden sie zugleich eine anmuthige Zimmerzierde. Sie brauchen nur, wenn der Milchstandsmesser das Versiegen des Nahrungsquells anzeigt, mit Soda und heissem Wasser ausgespült und mit Sanitätsrath Dr. *Zippelmann's* künstlicher Muttermilch, die in versiegelten Flaschen sich Jahre lang hält, wieder aufgefüllt zu werden. Die feinsten Exemplare können, wenn sie aufgezogen werden, ein bis drei Lieder singen und eine Wiege oder einen Wagen in Bewegung setzen. Wir lassen den Preiskurant der Firma *Ziegenpeter* & Co. hier folgen:

Preiskurant
der künstlichen Ammen, Patent
Zippelmann.

Nr. 1. Einfache Qualität in Kattun   Mk. 30000

Nr. 2. Einfache Qualität in beliebiger Landestracht   "   35000

Nr. 3. Feinste Qualität, singt »Eija wiwi« und wiegt das Kind   "   40000

Nr. 4. Extra-Qualität ff. singt:
»Eija wiwi,« »Schlaf Kind-
chen, schlaf!« »Guten
Abend, gute Nacht« von
Brahms und wiegt das Kind   "   50000

Die Preise sind sehr gering, wenn man bedenkt, dass eine einma-
lige Anschaffung mindestens für sechs Kinder hinter einander aus-
reicht und der fürchterliche Aerger, den lebendige Ammen ihren
Herrschaften zu bereiten pflegen, hier gänzlich in Wegfall kommt.
Um auch für aussergewöhnliche Ereignisse in Bereitschaft zu sein,
ist die Firma augenblicklich mit der Herstellung einer Drillings-
Amme beschäftigt.

Das lustige Buch.

Endlich, endlich hat das neueste Buch unsers allverehrten Humoristen *Ludwig Lachewitz* die Presse verlassen. Von den Schwierigkeiten, die die Herstellung dieses lustigen Werkes bereitete, und von den Opfern, die diese kostete, macht man sich im Publikum keinen Begriff. Das erste dieser Opfer war der Autor selbst. Er hatte diesmal sich selbst übertroffen, und seine Geschichte war so unbeschreiblich komisch, dass er nur in kurzen Absätzen das Buch schreiben konnte, indem er zwischendurch fleissig Begräbnissen, den ersten Aufführungen neuer Stücke und ähnlichen niederdrückenden Ereignissen beiwohnte, ferner viele Kapitel modern realistischer Romane las und durch solche Gegenmittel glücklich von dem Schicksale bewahrt blieb, sich über sein eigenes Werk todt zu lachen. Als er aber sich hinreissen liess, sein Buch vor der Ablieferung an den Verleger noch einmal einer Durchsicht zu unterziehen, war er geliefert. Der Arzt der Kaltwasserheilanstalt, wo sich unser gefeierter Humorist augenblicklich befindet, behandelt seine unauslöschlichen Lachkrämpfe durch Verordnung starker Graben von historischen und kulturhistorischen Romanen, hat aber bis jetzt nach Verabreichung von 137 Bänden nur eine geringe Besserung erzielen können.

Sein Verleger, der überhaupt keine Bücher liest, sondern nur mit sichern Autoren arbeitet, wobei er dies nicht nöthig hat, blieb vor einem solchen Schaden bewahrt, aber nun kam das Manuskript zum Setzer. Durch das Schicksal des Autors gewarnt, hatte man einen Setzer ausgewählt, der notorisch stets nur ganz mechanisch arbeitete und seine Manuskripte nur Wort für Wort aber nicht im Zusammenhange las. Man hatte schon einmal den alten Setzerscherz mit ihm ausgeübt und ihn sein eignes Todesurtheil setzen lassen, allein er hatte nichts gemerkt. Aber was geschah? Bei der zweiten Seite fing er an zu lachen und zwar so unauslöschlich, dass der ganze Setzersaal aufmerksam wurde, und einer nach dem andern hinzutrat, um in das Manuskript zu blicken. Nach fünf Minuten war der ganze Saal ein donnerndes Gelächter, die Hälfte der Anwesenden wälzte sich konvulsivisch auf der Erde, und mit der Arbeit war es für diesen Tag vorbei. Der findige Buchdruckereibesitzer verfiel auf den Ausweg, sich einen Setzer aus Brüssel kommen zu lassen, der kein Wort deutsch verstand, allein selbst dieser war bei seiner Arbeit in einem fortwährenden Kichern begriffen und behauptete, der blosse Anblick dieser für ihn ganz unverständlichen Wörter erzeuge ihm einen höchst angenehmen Kitzel.

Bei einem Setzer der kein deutsch verstand, war nun der Korrektor doppelt nothwendig, allein der in der Druckerei angestellte, ein griesgrämiger Pedant, der in seinem Leben noch nie gelacht hatte, zog sich bei der ersten Korrekturfahne bereits einen solchen unstillbaren Zwergfellkrampf zu, dass er drei Tage lang arbeitsunfähig wurde. Nun war guter Rath theuer. Da dies vielversprechende Werk um jeden Preis gedruckt werden musste, so gab der Verleger trotz der grossen Kosten, die daraus erwuchsen, die Zustimmung zur vorübergehenden Anstellung von zwölf neuen Korrektoren, zu denen man die grössten Hypochonder, Schwarzseher und Pessimisten auswählte, die nur zu finden waren. Diese arbeiteten nun mit Ablösung, und sobald man bei einem von ihnen die untrüglichsten Zeichen einer herannahenden unaufhaltsamen Lachexplosion bemerkte, was bei manchen schon in zwei Minuten, bei den allerverstocktesten aber erst in beinahe einer Viertelstunde erzielt wurde, entfernte man ihn schnell und brachte ihn in ein schwarz ausgeschlagenes Zimmer, wo er sich in einen Sarg zu legen hatte, indessen ein hinter Blattgewächsen versteckter Chor ihm Sterbelieder vorsang, bis er sich wieder erholt hatte. Trotzdem mussten diese zwölf Herren jeden zweiten Tag Ruhe halten. Sie besuchten dann gemeinschaftlich Sarghandlungen, Trauermagazine, das Leichenschauhaus und ähnliche Anstalten, um die angesammelte Lustigkeit einigermassen wieder abzudämpfen. Trotzdem ist es vorgekommen, dass einer von ihnen beim Anblick einer vierzehntägigen Wasserleiche in Erinnerung an seine letzte Korrekturlesung laut anfing zu kichern.

So wurde unter diesen aussergewöhnlichen Schwierigkeiten der Druck endlich zu Ende geführt. Zum Heften und Binden wählte man wieder Leute, die des Deutschen nicht mächtig waren, und so ging dies Geschäft ohne Hindernisse ab. Die masslose Verwirrung aber zu schildern, die, als das Werk versendet war, in den deutschen Buchhandlungen herrschte, wie die Verkäufer, anstatt das Publikum zu bedienen, den Leuten ins Gesicht prusteten, während andre wieder sich hinter den Ladentischen krümmten wie vergiftete Aale, dies alles zu beschreiben ist meine Feder zu schwach.

Ich nun, der ich als vielbeschäftigter litterarischer Kritiker selbstverständlich überhaupt nicht die Gewohnheit besitze, die Bücher zu lesen, über die ich schreibe, habe mich natürlich wohl gehütet, ausnahmsweise in dieses einen Blick zu thun, obwohl es wie immer pro forma aufgeschlagen neben mir liegt . . . . Verzeihung theuerster Leser, ich liess mich soeben hinreissen doch hineinzublicken und ein Stückchen zu lesen. Mit letzter Kraftanstrengung versuche ich diesen Artikel zu beendigen allein es geht nicht theuerster Leser . . . verzeihe, wenn ich aufhö . . . ha ha ha ha ha ha . . . .!

Das Halstuch.

Irgend jemand, ich glaube es war Gutzkow, hat einmal das Halstuch die »seidene Blüthe der männlichen Eleganz« genannt und damit schon darauf hingezielt, dass dieser geringe Theil der männlichen Kleidung den einzigen Ort darstellt, an dem fröhliche und schimmernde Farben noch ein bescheidenes und geduldetes Dasein führen. Freilich, es giebt Fanatiker der Respektabilität, die auch hier nur ein ernstes Schwarz oder ein feierliches Weiss oder allenfalls höchstens das indifferente Grau für angemessen erachten, und alle farbigen Bestrebungen an diesem Ort als untergeordnete Kundgebungen eines missleiteten Geschmackes mitleidig belächeln. Aber wie selbst das nüchterne und nützliche Kornfeld eingefasst wird von einem blumigen Feldrain, wo die farbigen Schmetterlinge spielen und die goldglänzenden Käfer blitzen, so hat sich auch die Menschheit den einzigen Ort nicht nehmen lassen, wo sie der heiteren Farbe ein bescheidenes Asyl gönnen darf und wo man dem letzten Funken längst entschwundener Pracht einsam zu glimmen gestattet. Denn unsere Vorfahren dachten anders über diese Frage, und deshalb richtet sich das farbenhungrige Auge des Malers so gerne in jene entlegenen Zeiten, wo die Menschheit den schönsten Schmuck der Kleidung, die Farbe, noch nicht verschmähte. Aber das neunzehnte Jahrhundert hat Alles hinweggelöscht. Die Zeit ist nicht so fern da man noch bunte Westen trug, und zwischen den Flügeln des Rockes ein schimmerndes Blau, ein heiteres Roth sich anmuthig hervorthat; allein auch dies ist heute entschwunden, und so jemand in der Jetztzeit zu einer farbigen Sammetweste sich hinreissen lässt, fällt er dem spöttischen Lächeln der Gesammtheit anheim und ernste Männer schütteln den Kopf über derlei windige Hasenfüssigkeit.

So bleibt denn Alles auf das Halstuch beschränkt, aber man darf wohl sagen, dass sich in dieser Beschränktheit ausser dem Farbenreichthum auch eine so grosse Fülle von Formen hervorgethan hat, je nach dem Charakter und der Liebhaberei des Trägers, dass dadurch dieser Gegenstand im höchsten Grade betrachtenswürdig geworden ist. Es giebt zwei Grenzformen die nach keiner Seite hin überschritten werden können und innerhalb derer alle übrigen sich befinden. Die eine wird bezeichnet durch den minimalen Knoten, bei dem das Halstuch zu einer Andeutung zusammengeschrumpft und gewissermassen zu einem rudimentären Organ geworden ist, die andere findet sich in der hypertrophischen Entwicklung des Halstuches zu dem sogenannten »Hemdenschoner«, der sich gefrässig über den ganzen Westenausschnitt hinweggebreitet hat. Nun ist der letztere Ausdruck allerdings nicht besonders glücklich gewählt, indem es weniger auf eine Schonung des Hemdes als vielmehr auf seine Verdeckung anzukommen scheint. Es soll Leute geben, die am Sonntag mit dem obengenannten Knoten anfangend, die Woche hindurch ihre Halstücher allmählich anwachsen lassen, bis sie am Freitag endlich der Alles verdeckenden Eigenschaft des »Hemdenschoners« sich erfreuen. Ja, es geht die Sage, dass Andere durch konsequente Anwendung dieses nützlichen Kleidungsstückes ihre Ausgaben für Wäsche auf ein Minimum reduzirt und dadurch eine nicht unwesentliche Vermehrung ihrer zeitlichen Güter erzielt haben.

Darf man diese beiden eben genannten Formen als die äussersten Konsequenzen des geknoteten Halstuches auffassen, so bietet eine zweite Gattung, deren Grundform die Schleife bildet, nicht mindere Grössenunterschiede dar, die sich von einem fadendünnen Dingelchen bis zu einem mächtigen Industrieprodukt erstrecken, das an beiden Seiten des Halses gleich riesigen Handgriffen hervorragt, so dass man auf den Gedanken kommt, der Kopf sei zum Abschrauben eingerichtet.

Nach Feststellung dieser Grundformen und nach diesem Hinweis auf den Spielraum, der innerhalb dieser persönlichen Neigung des Einzelnen gelassen wird, möchte es nicht uninteressant erscheinen, zu untersuchen, inwiefern es möglich ist, aus Art und Farbe des gewählten Halstuches Rückschlüsse zu machen auf den Charakter und die Eigenschaften seines Trägers. Als die schönste und zugleich die einfachste Form muss man jene ansprechen, bei der ein weiches Tuch in einen geschickten Knoten gebunden, seine beiden Enden frei und gefällig herabhängen lässt. Diese Veranstaltung findet sich am häufigsten bei Künstlern und Kunstgenossen, aber auch bei denen, die es scheinen möchten und deshalb ihre Stärke in den äusseren Merkmalen suchen. Man darf nur an jene Maljünglinge erinnern, die ihre ganze Kraft in ihr wallendes Simsonsgelock konzentrirt zu haben scheinen, die mit Riesenhüten die Welt beschatten, geniale Halstücher und talentvolle Sammetröcke tragen und damit ihre künstlerische Leistungsfähigkeit erschöpft haben.

Eine zweite Form, der vorhergehenden in gewisser Weise ähnlich und doch wieder grundverschieden von ihr, repräsentirt das konservative Halstuch, das seinen Träger als einen Anhänger der guten alten Zeit und einen Verehrer der Sitte der Väter kennzeichnet. Es ist auch in einen Knoten gebunden, allein seine Enden sind kurz und hängen nicht herab, sondern werden seitwärts untergesteckt. In seiner weissen Spielart kennzeichnet es den evangelischen Pfarrer auf das deutlichste.

Auch farbige Extravaganzen sind zu verzeichnen und tragen zur Erheiterung der menschlichen Gesellschaft bei. So liebt es der strebsame Materialwaarenhandlungslehrling, in seinen spärlichen Freistunden maigrüne Handschuhe auf seine rothen Frosthände zu ziehen und an seinem Halse mit Himmelblau oder feurigem Morgenroth oder sonstigen vergnügten Naturfarben einen fröhlichen Schein von sich zu geben.

Es erscheint auch nicht überflüssig, einen Blick zu werfen auf die weisse oder schwarze Uniformschleife, die für festliche Gelegenheiten zur strengen Vorschrift geworden ist. Und da fallen uns zugleich zwei andere Auswüchse des Ungeschmacks in die Augen, vor denen die Muse stets und immer trauernd ihr Haupt verhüllt hat. Wann, o wann wird die Zeit kommen, die den abscheulichen Gabelschwanz, der jede festliche Männergesellschaft in eine Sammlung von mehr oder weniger eleganten Kellnern verwandelt, von der Erde vertilgt, wann wird der köstliche Augenblick da sein, wo man dem letzten Frackbesitzer den letzten Zilinderhut jauchzend antreibt?

Diese Zeit ist wohl noch fern, allein wir dürfen doch hoffen, dass wir einmal aus dem traurigen, eintönigen Schwarz herauskommen und einst in späteren, glücklichen Jahren die Kleidung der Männer in Form und Farbe nicht allein dem Princip der Nützlichkeit, sondern auch den Gesetzen der Schönheit Rechnung trägt. Und darum wollen wir den Rest von heiterer Farbe, der noch im Halstuche einsam zurückgeblieben ist, nicht als die letzte Aster betrachten, die den Winter ankündigt, sondern als das erste Veilchen, das den Frühling und den farbenreichen Sommer im Gefolge hat.

Die Mecklenburger im zoologischen Garten.

Der rastlose Herr Hagenbeck aus Hamburg, der uns im zoologischen Garten schon so manche fremde Völkerschaft vorführte, hat uns eine neue Ueberraschung bereitet. Dem unablässigen Bestreben seines Agenten ist es gelungen, in dem aus Reuters Erzählungen bekannten Lande Mecklenburg eine Truppe von Eingeborenen anzuwerben und sie mit ihren Gerätschaften, Hausthieren, Musikinstrumenten und fremdländischen Gebräuchen uns vorzuführen. Herr Director Bodinus hat durch das Engagement dieser Truppe sich den Dank der Berliner im höchsten Grade erworben, denn die Mecklenburger bilden das Ereigniss des Tages und am letzten 25-Pfennig-Sonntag war der Garten von 118,703 zahlenden Personen besucht, die höchste Ziffer, die seit dem Bestehen des zoologischen Gartens bis jetzt erreicht worden ist. Von den Bediensteten des Gartens wurden am anderen Morgen allein 1¼ Centner im Gedränge verloren gegangener Haarzöpfe, 73 Pfund abgetretener Stiefelhacken, und 5½ Centner Cigarrenstummel aufgesammelt.

Die Mecklenburger gehören sämmtlich der in diesem Lande so sehr verbreiteten Ackerbaukaste an und stehen unter der Führung eines ihrer Unterhäuptlinge, des Inspectors Christian Bohmhamel, eines nahen Verwandten des berühmten Zacharias Bräsig, dem er auch ungemein ähnlich sehen soll. Die Truppe besteht aus 11 Erwachsenen und 5 Kindern, im Ganzen also aus 16 Personen. Ihre Namen sind:

1. Christian Bohmhamel, Inspector.

2. Elise Brathäring, Mamsell.

3. Fritz Kieckebusch, Wirthschaftslehrling.

4. Jochen Römpagel, Statthalter.

5. Trina Römpagel, dessen Frau.

6. Hinnerk Päsel, Tagelöhner.

7. Stina Päsel, dessen Frau.

8. Korl Trilck, Pferdeknecht.

9. Fiek Regelin, Aussenmädchen.

10. Klas Abendsegen, Schäfer.

11. Korlin Krüper, Schweinemädchen.

12. Hanne Römpagel,   }

13. Liesch Römpagel,   }

14. Fidde Römpagel,   } Kinder.

15. Dürten Päsel,   }

16. Willem Päsel,   }

Besonders die Kinder erregen die Theilnahme der Berliner Damen, und ihr Liebling ist der kleine ¾jährige Willem Päsel. Sie können sich nicht genug verwundern, dass er gerade so trocken gelegt und abgehalten wird, wie sie es selber mit ihren Kindern zu thun gewohnt sind; wiederum ein Beweis, dass gewisse Kulturelemente allen Völkern gemeinsam sind. Den ganzen Beifall der Männerwelt dagegen hat Korlin Krüper, das kraftvolle Schweinemädchen. Das musikalische Element der Gesellschaft vertritt Korl Trilck, der das nationale Instrument, Treckfiedel genannt, mit Virtuosität handhabt. Im Grossen und Ganzen hat dies viel Aehnlichkeit mit der auch bei uns nicht unbekannten Ziehharmonika. Wir waren so glücklich, von einem Kenner der mecklenburgischen Landessprache den untergelegten Text zu einem sehr beliebten Tanze in Erfahrung zu bringen. Sein Anfang lautet:

»Unsre Katt hett nägen Jungen
Dat hett Navers Kater dahn!«

Man wird aus dieser kleinen Probe sehen, dass diese Sprache nicht ohne Wohlklang ist. Grosses Interesse erregt auch der Schäfer und Wetterprophet Klas Abendsegen, wenn er würdevoll auf seinen Stock gestützt seine Schafe hütet und dazu ungemein lange blaue Strümpfe strickt. Der Bock der Heerde ist ein Abkömmling jenes aus Reuter bekannten berühmten Schafbockes, der keine »Poppieren« hatte. Die »Vossische Zeitung« hat sich diese Gelegenheit nicht entgehen lassen und bringt seit einigen Tagen ausser der Wetterprophezeihung der Seewarte und des Braunschweigischen Wolkenonkels auch die des erfahrenen Schäfers Klas Abendsegen, so dass die beneidenswerthen Leser dieser Zeitung jetzt die Auswahl zwischen drei Wettern haben, und Jeder sich das aussuchen kann, was ihm am besten passt.

Für den nächsten Sonntag ist ein ganz besonders interessantes Programm aufgestellt. Unter Anderem wird Herr Fritz Kieckebusch mit seiner braunen Stute »Strangschläger« die nationale Methode der Bändigung stätischer Pferde vorführen. Diese besteht bekanntlich darin, dass man einen mit Wasser gefüllten irdenen Topf mit auf das Pferd nimmt und diesen in demselben Augenblick, wo es stätisch wird und nicht weiter will, auf dem Kopfe des Thieres entzweischmettert. Man weiss, dass Fritz Triddelfitz damit seiner Zeit bedeutende Resultate erzielte.

Die Hauptanziehungskraft wird aber jedenfalls die von sämmtlichen Mitgliedern veranstaltete Darstellung des höchsten nationalen Festes der Mecklenburger, der sogenannten »Austköst«, ausüben. Es ist ein den Göttern nach glücklich vollendeter Ernte gebrachtes Dankfest, wobei eine aus Aehren geflochtene und buntgezierte Krone geopfert wird. Herr Inspector Christian Bohmhamel wird dabei eine fulminante missingsche Rede halten. Der Festzug wird als ungemein sehenswürdig geschildert. Später werden unsere fremdländischen Gäste ihre nationalen Spiele vorführen, wobei besonders ein Spiel der Männer, Namens »Frischback« als sehr erheiternd gerühmt wird. Einer der Männer wird mit verbundenen Augen auf eine Bank gelegt und die hinteren Enden seines Rockes aus einander gethan. Dann naht sich einer der Genossen nach dem andern und ertheilt ihm einen herzhaften Schlag auf den fleischigsten Theil seines Körpers. Erräth der Geschlagene den Thäter, so tritt dieser an seine Stelle, wo nicht, muss er weiter dulden. Später werden zum Klange der Treckfiedel nationale Tänze aufgeführt und den Beschluss bildet ein Festessen, bestehend aus den ständigen

Festgerichten: Rindfleisch, Pflaumen und Reis. Als Getränk werden die beliebten Nationalgetränke »Lüttjedünn« und »Kähm« genossen. Ersteres ist bierähnlich und das zweite ähnelt unserem Gilka. Für gewöhnlich werden die Leute mit Speck, Eiern, Häring, Schwarzbrod, Schmalz und viel Kartoffeln und Gemüse verpflegt. Herr Christian Bohmhamel jedoch als Unterhäuptling seines Stammes führt mit der Mamsell und Fritz Kieckebusch einen besonderen Tisch. Ihm werden täglich zwei Flaschen Langkork geliefert, eine Rothweinsorte, die auch sein berühmter Verwandter Bräsig sehr liebte und die man extra aus Lübeck verschrieben hat. »Kähm« und Tabak von Saniter und Weber aus Rostock nach Belieben.

Unsere fremdländischen Gäste werden sich nur noch kurze Zeit hier aufhalten, da sie in Dresden bereits mit Schmerzen erwartet werden. Zum Schluss noch ein Zug rührender Pietät des Inspectors Bohmhamel. Sofort nach der Ankunft der Gesellschaft liess er sich zum Lamagehäge führen, wo sein berühmter Verwandter damals das unliebsame Abenteuer erlebte. Er betrachtete sich ein Lama, das an das Geländer kam, vorsichtig von ferne und sprach: »Wie die Kretur veninsch kucken thut. Ja dir kenn ich, weisst' woll von wegen meinen Vetter Zacharias. Na, hätt' ich dir man auf meinen Hof in Krupmannshagen – das Spucken wollt' ich dir schon ablernen! Ne, was's doch all für Kreturen giebt!« Damit ging er befriedigt zu seiner Gesellschaft zurück.

Allerlei neue Vereine.

Durch Zufall erfuhr ich vor Kurzem von der Existenz zweier neuer Vereine in Berlin, dem »*Verein ehemaliger Selbstmörder*« und dem »*Verein geheilter Pockenkranker*«. Diese Beispiele erschienen mir bemerkenswerth für die allgemeine Sucht unserer Zeit, sich zusammenzuthun, und lenkten meine Aufmerksamkeit auf diese Erscheinungen. Es gelang mir im Laufe einiger Wochen eine grosse Anzahl von neuen Vereinen zu entdecken, die, wie ich annehmen darf, dem grossen Publikum mehr oder weniger unbekannt sind. Es mag genügen, wenn ich hier nur einige der bemerkenswerthesten aufzähle.

1. Freie Vereinigung der Sonnenbrüder.

Die Sonnenbrüder sind wie schon ihr Name andeutet, Sonnenanbeter. Deshalb finden auch ihre Zusammenkünfte auf grossen freien Plätzen oder ähnlichen Orten statt, die der unbehinderten Einwirkung des himmlischen Gestirnes ausgesetzt sind. Ihre religiösen Anschauungen verbieten ihnen jegliche Arbeit und jeglichen Kleiderluxus, und ihr ganzes Leben ist stiller Beschaulichkeit und der Verehrung ihrer Gottheit gewidmet. Wovon und wie sie sich ernähren ist ein Räthsel; mir wenigstens ist es nie gelungen, sie essen zu sehen. Zu den Hauptäusserungen ihres Kultus gehört es, dass sie unter feierlichen Zeremonien eine Flasche unter sich kreisen lassen, die mit einer weissen, grünlichen oder braunen Flüssigkeit gefüllt ist. Diese Handlung ist sicher symbolisch und stellt die Sonne und ihren täglichen Kreislauf dar. Ein Jeder ergreift bei solcher Gelegenheit die Flasche mit stummer Andacht, hält sie eine Weile wie in Anbetung versunken zum Himmel empor und thut dann einen tiefen Zug. Sodann schüttelt er sich kräftig, wie von den Schauern der Gottheit durchrieselt, und reicht die Flasche seinem Nachbar.

Ausser der Sonne verehren sie unter dem Namen »Mutter Grün« noch ein anderes erhabenes Wesen. Da sie dieser Göttin im tiefsten Schatten der Wälder und Haine huldigen, so sind hier unzweifelhaft noch Spuren des alten Hertha-Kultus erhalten. Leider gelang es mir nicht darüber Näheres in Erfahrung zu bringen, da die Mysterien, die dieser Göttin geweiht sind, nur in dunkler Nacht stattfinden, und die Orte dieses Kultus sorglich verborgen gehalten werden.

2. Ammenverein der Westvorstadt.

Die Zusammenkünfte dieser Gesellschaft finden bei einem Glase Ammenbier in einem Keller der Linkstrasse statt. Vorsitzende ist eine junge Dame, die durch eine glückliche Fügung und eigenes Verdienst bereits zum fünften Male in der Lage ist, sich ihrem einträglichen Berufe widmen zu können. Sie hat dadurch eine solche Virtuosität in den Haupterfordernissen ihres Faches erlangt, dass es ihr gelungen ist, während ihrer letzten Säugeperiode ihre Dienste einundfünfzig verschiedenen Herrschaften zu widmen, eine Leistung, die für diese einer Summe von Aerger entspricht, dass das Himmelsgewölbe zu eng ist, um sie darauf nieder zu schreiben. Deshalb geniesst sie auch bei ihren Colleginnen eine abgöttische Verehrung und bei den Berathungen, die stattfinden über die besten Methoden, die Frau krank zu ärgern, den Herrn zur Raserei zu bringen und vorteilhafte Stellungen anzunehmen, wenn die dazu nothwendige Befähigung längst erloschen ist, welche drei Dinge sie als die höchsten Aufgaben des Ammenthumes betrachtet, lauscht man den Worten der Weisheit, die von ihren Lippen träufen, mit tiefer Andacht. Für die nächste Sitzung ist der Vortrag einer erfahrenen Spreewälderin angekündigt über die beste Methode, den Säugling in Schlaf zu bringen, und man ist sehr gespannt, ob sie einer Abkochung von Mohnköpfen, dem Einreiben des Kinderkopfes mit Madeira oder dem selbsteigenen Genuss genügender Mengen von Gilka den Vorzug ertheilen wird. Mit der letzten auch für die Amme genussreichen indirekten Methode sollen bereits schöne Erfolge erzielt worden sein.

3. Der Naturforscher-Klub.

Die Bezeichnung ist eigentlich nicht ganz richtig, da sich die Mitglieder obiger Gesellschaft ausschliesslich mit moderner Archäologie beschäftigen. Da jedoch das Volk ihnen seit lange den Namen »Naturforscher« ertheilte, so haben sie diese Bezeichnung für ihren Klub beibehalten. Ihre Versammlungen finden statt an jenen äussersten Grenzen der Kultur, wo Schutt abgeladen werden darf, und an einsamen Bretterzäunen langsam der Koprolith der Zukunft heranreift. Dort haben sie ihre soeben erworbenen Schätze ausgebreitet und reinigen sie und trocknen sie in der Sonne, und beneiden sich gegenseitig ganz wie ihre vornehmeren Kollegen. Aber wenn diese sich gewöhnt haben die Sammelobjecte erst bei einem tausendjährigen Alter zu schätzen, wenn sie zu weiter nichts mehr zu brauchen sind, als im Museum in einen Glaskasten gesetzt zu werden, so achtet der modernste Archäologe seine Fundstücke nur, wenn sie noch nicht dieses zweifelhafte Verdienst besitzen. Lieber als ein halb zerfallenes Gewebe aus den Pfahlbauten von Robenhausen ist ihm Riekes noch wohlerhaltener Scheuerlappen, und ein Pfund Schreibhefte eines Kommunalschülers gelten ihm mehr als zehn Kilogramm alter ägyptischer Papyrus-Handschriften, die zu nichts mehr zu gebrauchen sind. Und ich möchte die Frage aufstellen, wer glücklicher ist, der Eine, wenn er vorsichtig eine wohlerhaltene Gesichtsurne aus dem Schooss der Erde hebt, oder der Andere, wenn er eine leere Champagnerflasche findet, die unter Brüdern immerhin ihre zehn Pfennige werth ist.

Der Wahlspruch des Vereins heisst: »Lumpen, Knochen, Papier und freie Forschung!« und auf diese hinzuwirken, ist sein Zweck. Denn, sollte man es glauben, in einer Zeit, wo selbst die Türkei einem Schliemann erlaubt, die Müllhaufen des Alterthums zu durchstöbern und Orte umzugraben, wo sieben Städte wie bei einer Wiener Torte übereinander geschichtet sind, besitzen in Berlin, der Hauptstadt der Intelligenz, viele Hausbesitzer so wenig wissenschaftlichen Sinn, dass sie der freien Forschung Hindernisse in den Weg legen und ihre Höfe und Müllgruben vor der Hacke des modernsten Archäologen stumpfsinnig verschliessen.

4. Verein ehemaliger Selbstmörder.

Auch diesem Verein, dessen ich schon zu Anfang erwähnte, bin ich näher getreten, obwohl ich mich nicht rühmen kann, ihn entdecket zu haben. Wenn ich die Geschichte eines seiner Mitglieder erzähle, so wird man am besten einen Begriff bekommen, welch' eine sonderliche Gesellschaft sich unter diesem Titel zusammengefunden hat. August Nottebohm war von jeher ein Pechvogel. Allein mit solcher Grausamkeit wie in jener denkwürdigen Woche des Jahres 1880 war er doch noch nie vom Schicksal behandelt worden. 1. Trotz der sorgfältigsten Vorbereitung fiel er durch das Baumeisterexamen. 2. In Folge dieser Thatsache entging ihm eine sichere und einträgliche Anstellung. 3. Beides zusammen bewirkte, dass seine Verlobung mit einem hübschen und wohlhabenden Mädchen von den Eltern rückgängig gemacht wurde. 4. Durch diese drei Thatsachen aufs Höchste erbittert, enterbte ihn sein Onkel, der Weissbierbrauereibesitzer Pannemann und heirathete das hübsche und wohlhabende Mädchen selber. 5. Vor Entsetzen über alles Dies starb eine Erbtante des jungen Nottebohm, die im Gerüche der Wohlhabenheit gestanden hatte. Sie hinterliess aber nichts, als die Begräbnisskosten zweiter Klasse. 6. Fallirte die Actien-Baugesellschaft »Sandgrube«, bei der er sein ganzes Vermögen angelegt hatte, und 7. stürzte das von ihm erbaute Haus Gründerstrasse 17, in einer guten Nacht vollständig ein.

Eine solche Reihe von Unglücksfällen, deren jeder einzelne schon geeignet ist, einen Menschen zu Boden zu schlagen, trieb ihn dem Selbstmord entgegen. Und zwar, da er sieben Ursachen hatte, beschloss er in seinem siebenfachen Schmerz, sich auch auf siebenerlei Arten gleichzeitig um's Leben zu bringen.

Nichts ist unwahrer als das Sprüchwort: »Umsonst ist der Tod«, ja; Mancher würde sich wohl hüten zu sterben, wenn er nachher die Begräbnisskosten zu zahlen hätte. Deshalb dachte auch Herr Nottebohm seinen siebenfachen Tod so billig als möglich einzurichten.

Er kaufte einen Ausschussstrick, einen Revolver letzter Klasse, ein nachgemachtes Bulldogg-Messer, ein Pülverchen Rattengift, eine Quantität ungelöschten Kalk vom Billigsten und eine Dynamit-Patrone. Sodann miethete er sich im Thiergarten einen Kahn und fuhr damit an eine abgelegene Stelle, woselbst ein passender Baumzweig über das Wasser sich hinstreckte.

Hier füllte er seine Kleider mit dem ungelöschten Kalk, mit dem er die Patrone sorgfältig umgab, befestigte den Strick an den Baumast und legte sich die Schlinge um den Hals. Sodann nahm er das Gift in den Mund, setzte den Revolver vor den Kopf, das Messer auf die Brust und während er nun den Kahn mit den Füssen von sich stiess, sprang er, indem er zugleich den Hahn abdrückte, das Pulver schluckte und mit dem Messer zustiess, sich aufhängend in's Wasser, woselbst der ungelöschte Kalk ihn verbrühen und durch seine Hitze die Dynamitpatrone zur Explosion bringen sollte. Allein der

Strick riss, der Revolver versagte, das nachgemachte Bulldogg-Messer brach ab, das Rattengift war mit Gipsmehl verfälscht und wirkte nicht, der Kalk hatte sich durch zu langes Liegen schon an der Luft gelöscht, und das Wasser war nicht tief genug. Zwar versuchte er nun mit Entschlossenheit durch Untertauchen sich um's Leben zu bringen, allein als er bemerkte, dass ihm dabei die Luft wegblieb, erregte ihm dies so unangenehme Empfindungen, dass er eiligst wieder hervortauchte, und machte, dass er ans Land und nach Hause kam. Er gewann dann wieder Lust am Leben, strengte seine Kräfte an und befindet sich jetzt in einer ganz behaglichen Position.

Als er später in den »Verein ehemaliger Selbstmörder« eintrat, war es selbstverständlich, dass man ihn nach einer solchen Vergangenheit einstimmig zum Vorsitzenden erwählte.

Sonderbares Erbtheil.

Am. 23. August des Jahres 1875 verstarb im städtischen Lazareth zu Danzig ein Mann unter Umständen und Krankheitserscheinungen, die den Aerzten räthselhaft waren. Zwar hatte der Patient am delirium tremens gelitten, allein dies war nicht die Ursache des Todes gewesen, vielmehr schien dieser durch ein seltsames und in seinen Symptomen unbekanntes Magenleiden herbeigeführt zu sein. Der Mann hatte sich früher einer robusten Gesundheit und eines nicht unbedeutenden Vermögens erfreut und besonders dem ersteren Umstande war es wohl zuzuschreiben, dass es ihm gelungen war sein ganzes Geld bis auf einen geringfügigen Rest zu vertrinken, und zwar in einer Flüssigkeit, die den Ruhm seiner Vaterstadt bis in die fernsten Welttheile getragen hat, in dem vortrefflichen Danziger Goldwasser. Tag und Nacht hatte er auf diese Weise indirekt an der Hebung der vaterländischen Industrie gearbeitet und den kunstreichen Inhaber des »*Lachses*«, der dies herrliche Getränk zu brauen versteht, nicht unbedeutend bereichert. Millionen seliger Augenblicke der Vorfreude, wenn er das gefüllte Glas gegen das Licht hielt und die flimmernden Goldblättchen betrachtet, die wie glänzende Mücken darin spielten, waren Millionen freudiger Momente des Genusses gefolgt, bis er endlich fast nichts weiter mehr besass als eine blaue Nase und einen auf's Aeusserste geschwächten Magen und schliesslich im Krankenhause den spärlichen Rest seines Geistes aufgeben musste. Die dürftige Kammer, die er zuletzt bewohnt hatte, war in einem alten Hause der »Pfefferstadt« gelegen. Man fand dort weiter nichts als einen baufälligen Stuhl, einen Tisch mit verloren gegangener Schieblade, der mit unzähligen schmutzigen Ringen, den Spuren feuchter Schnapsgläser, bedeckt war, einen alten Strohsack mit zerlumpter Wollendecke und 4537 leere Goldwasser-Flaschen, von denen sechs zerbrochen waren. Sehr enttäuscht durch diesen Thatbestand war der einzige Verwandte des Verstorbenen, sein Neffe, ein junger Kaufmann, der immer gehofft hatte, der Alte würde ihm noch soviel hinterlassen, dass damit ein kleines bescheidenes Geschäft begründet werden könne. Um so grösser war seine Verwunderung und Freude, als er nach einigen Tagen durch einen jungen Arzt des Krankenhauses folgende Thatsachen erfuhr. Man hatte den Verstorbenen sezirt und gefunden, dass sein ganzer Magen inwendig dick vergoldet war. Ausserdem hatten sich darin eine feste Kugel von Goldblättchen im Umfange einer Billardkugel und im Blinddarm eine Ansammlung von ähnlicher Grosse vorgefunden – Alles zusammen wohl im Werthe von etwa 1600 Mark. Eiligst machte der Neffe seine Erbansprüche geltend und hatte die Freude, dass ihm nach Abzug aller Kosten fast 1500 Mark übrig blieben, eine Summe, die im Verein mit seinen Ersparnissen für die beabsichtigte Gründung eines kleinen Geschäftes vollständig hinreichte. O wie segnete er den Erfinder des Danziger Goldwassers, jenes gehaltreichen Getränkes, das ihm doch einen kleinen Theil seines Erbes gerettet hatte, indem es das Eingeweide seines Onkels in eine unfreiwillige Sparbüchse umschuf. Man sagt, dass seitdem in Danzig in mannigfachen Fällen, insofern der Erblasser dem Genusse des Goldwassers ergeben war, von den Erben seine Sektion dringend gefordert wurde. Ueber die erlangten Resultate ist jedoch niemals etwas in die Öffentlichkeit gedrungen.

Der Spargeltaback, Nicotiana Asparagus.

Als ich neulich meinen Freund Silberpfennig zu einer Maibowle einlud, sagte er: »Thut mir leid, ablehnen zu müssen, aber um die Zigarrenzeit gehe ich überhaupt nicht aus – diese Sache kann man den Leuten nicht überlassen.«

»Zigarrenzeit?« fragte ich verwundert.

»Was, Sie wissen nicht?« erwiderte er, »nun da wollen wir doch gleich mal in den Garten gehen.«

Mein Freund Silberpfennig ist ein Sonderling. Er hat einundzwanzig Jahre seines Lebens in der Fremde zugebracht und zwar in einem jener wenig bekannten Länder Südamerikas, die im Westen von dem mächtigen Gebirge der Anden begrenzt werden. Er ist von dort mit einem ziemlichen Vermögen zurückgekehrt und hat sich in Steglitz auf einem Grundstück, das rings von einer Mauer in doppelter Manneshöhe umgeben ist, eine höchst sonderbare Villa erbaut, die nach der Strasse zu weder Thür noch Fenster zeigt, sondern nur als ein besonders erhöhter Theil der Mauer erscheint, so dass kein Unberufener auch nur den kleinsten Blick in das innerhalb befindliche kleine Paradies zu werfen vermag. Diese Villa macht darum in ihrer starren Abgeschlossenheit von der Aussenwelt den Eindruck eines Menschen, der im Theater sitzend der Bühne den Rücken kehrt; allein inwendig ist alles sehr herrlich und schön, denn Silberpfennig ist ein grosser Gartenkünstler und unter seinen Händen gedeihen die seltensten Pflanzen zu ungeahnter Pracht.

»Da wollen wir doch gleich mal in den Garten gehn!« sagte er also, nahm seinen echten Panamahut, der an Ort und Stelle dreihundert Dollars gekostet hatte, vom Nagel und forderte mich durch eine Handbewegung auf, ihm zu folgen.

Er führte mich in den Küchengarten an einen Ort, den ich bis jetzt immer für eine Spargelplantage gehalten hatte, denn genau wie bei einer solchen waren die Beete eingerichtet. Jedoch bei meiner jetzigen Aufmerksamkeit auf die Sache fiel mir auf, dass nicht auf den einzelnen Pfählen an den Enden der Beete »Connover colossal« oder »d'Argenteuil« stand, oder wie sonst Spargelsorten benannt werden, sondern eigentümlicher Weise folgende Inschriften: Conchas (Maduro) – Londres (Colorado) – Regalia (Colorado claro) und Aehnliches.

Ich sah jetzt, dass Silberpfennig einen merkwürdig construirten, auf verschiedene Längen verstellbaren Spargelstecher in der Hand trug. Damit kratzte er auf einem der Beete einen spitzen bräunlichen Keim frei, der soeben die Erde ein wenig gehoben hatte, und stach ihn heraus. Es war eine richtige Zigarre von Londres-Format, aber weich und feucht, als wäre sie soeben gewickelt.

»Die ersten von der diesjährigen Ernte,« sagte er, »sind schon recht gut rauchbar, der vierundachtziger ist von vorzüglicher Qualität.«

Damit führte er mich in einen Trockenschuppen, woselbst auf Drahtgeflecht eine grosse Anzahl von Zigarren in allen Formaten ausgebreitet lag, und überreichte mir eine zur Prüfung.

Sie schmeckte vorzüglich und war von einem köstlichen Aroma. Ihr verdienstvoller Züchter stand mit sichtbarem Stolze da und sah wohlbehaglich zu, wie ich den balsamischen Rauch durch die Nasenlöcher blies. »Würde im Handel an dreihundert Mark kosten!« meinte er.

»Aber, lieber Silberpfennig,« rief ich, »das ist ja eine wunderbare Pflanze, wie kommen Sie dazu?«

»Wächst dort in Südamerika wild,« erwiderte er. »Die Indianer suchen sich im Frühjahr die Sprossen, trocknen und rauchen sie. Scheusslicher Kneller, nur für Wilde geniessbar. Als ich ihn zum ersten Mal aus Noth rauchte, murrte ich wider den Schöpfer und zweifelte an der himmlischen Vorsehung. Aber ich habe die Pflanze in Kultur genommen und nach jahrelanger Mühe diese Resultate erreicht. Mein höchster Stolz! Siebenzehn verschiedene Sorten habe ich bis jetzt gezüchtet. Meine Regalia nimmt es mit jeder echten Havanna auf.«

»Lieber Freund,« rief ich, »diese Pflanze bedeutet ja ein Vermögen. Ihr Anbau im Grossen würde eine Quelle des Reichthums für Dich und des Wohlstandes für unser Vaterland werden!«

»Ich habe genug,« sagte er kalt, »und brauche nicht mehr. Das Gefühl, der einzige Besitzer dieser Pflanze und des Geheimnisses ihrer Kultur zu sein, ist mir mehr werth als alle Reichthümer.«

Ja, da kam die Sonderlingsnatur meines Freundes wieder zum Vorschein. Vergebens verschwendete ich Bitten und Vorstellungen und meine ganze Ueberredungskunst; er blieb unerbittlich. Als ich ihn zum dritten Mal deswegen bestürmte, wurde er ungemüthlich.

Nun habe ich nur noch eine Hoffnung, und das ist Bismarck, den Silberpfennig wie einen Gott verehrt. Was der ihm räth, das thut er.

Morgen will ich an ihn schreiben.

Über tredition

Eigenes Buch veröffentlichen

tredition wurde 2006 in Hamburg gegründet und hat seither mehrere tausend Buchtitel veröffentlicht. Autoren veröffentlichen in wenigen leichten Schritten gedruckte Bücher, e-Books und audio-Books. tredition hat das Ziel, die beste und fairste Veröffentlichungsmöglichkeit für Autoren zu bieten.

tredition wurde mit der Erkenntnis gegründet, dass nur etwa jedes 200. bei Verlagen eingereichte Manuskript veröffentlicht wird. Dabei hat jedes Buch seinen Markt, also seine Leser. tredition sorgt dafür, dass für jedes Buch die Leserschaft auch erreicht wird.

Im einzigartigen Literatur-Netzwerk von tredition bieten zahlreiche Literatur-Partner (das sind Lektoren, Übersetzer, Hörbuchsprecher und Illustratoren) ihre Dienstleistung an, um Manuskripte zu verbessern oder die Vielfalt zu erhöhen. Autoren vereinbaren direkt mit den Literatur-Partnern die Konditionen ihrer Zusammenarbeit und partizipieren gemeinsam am Erfolg des Buches.

Das gesamte Verlagsprogramm von tredition ist bei allen stationären Buchhandlungen und Online-Buchhändlern wie z. B. Amazon erhältlich. e-Books stehen bei den führenden Online-Portalen (z. B. iBookstore von Apple oder Kindle von Amazon) zum Verkauf.

Einfach leicht ein Buch veröffentlichen: **www.tredition.de**

Eigene Buchreihe oder eigenen Verlag gründen

Seit 2009 bietet tredition sein Verlagskonzept auch als sogenanntes "White-Label" an. Das bedeutet, dass andere Unternehmen, Institutionen und Personen risikofrei und unkompliziert selbst zum Herausgeber von Büchern und Buchreihen unter eigener Marke werden können. tredition übernimmt dabei das komplette Herstellungs- und Distributionsrisiko.

Zahlreiche Zeitschriften-, Zeitungs- und Buchverlage, Universitäten, Forschungseinrichtungen u.v.m. nutzen diese Dienstleistung von tredition, um unter eigener Marke ohne Risiko Bücher zu verlegen.

Alle Informationen im Internet: **www.tredition.de/fuer-verlage**

tredition wurde mit mehreren Innovationspreisen ausgezeichnet, u. a. mit dem Webfuture Award und dem Innovationspreis der Buch Digitale.

tredition ist Mitglied im Börsenverein des Deutschen Buchhandels.

Dieses Werk elektronisch lesen

Dieses Werk ist Teil der Gutenberg-DE Edition DVD. Diese enthält das komplette Archiv des Projekt Gutenberg-DE. Die DVD ist im Internet erhältlich auf **http://gutenbergshop.abc.de**

Zeitfracht Medien GmbH
Ferdinand-Jühlke-Straße 7
99095 Erfurt, Deutschland
produktsicherheit@kolibri360.de